納尼亞傳奇

奇幻馬和傳說

The Horse and His Boy

C.S.路易斯 —— 著

彭倩文 —— 譯

《納尼亞傳奇》是你永遠的朋友！

每一個小孩，與每一個心智仍舊年輕的大人都應該讀C.S. 路易斯聞名於世、深受兒童喜愛的這部經典之作——《納尼亞傳奇》。我個人深感榮幸，也極欣喜向各位介紹這套《納尼亞傳奇》。書中會說話的動物、邪惡的魔龍、魔咒，國王、皇后、與王國陷在危險之中，矮人、巨人、和魔戒將帶領你進入不同的世界——就是納尼亞王國的世界。

經由神奇的魔衣櫥，進入了納尼亞王國，一個動物會說話、樹木會歌唱、人類與黑暗勢力爭戰的地方。與故事主角彼得、蘇珊、愛德蒙和露西做朋友，一同看他們是如何作生命中重大的決定，從小孩成長為王國裡的國王與皇后。認識全世界最仁慈、最有智慧、也最友善的獅子——亞斯藍，他是犧牲奉獻愛的化身，也希望成為你的朋友。

《納尼亞傳奇》系列叢書將對你的生命產生積極正面的影響，字裡行間充滿了智慧、溫馨與刺激，主題涵蓋了愛、權力、貪婪、驕傲、抱負與希望。書中描寫了善惡之爭，並為世界中所常見的邪惡提供了另一個道德出路。這套書不單是給兒童看的，也適合大人閱讀，而且值得一讀再讀，細細品味。這些書不僅會喚醒你的道德想像力，也將帶給你許多年的樂趣，我鄭重向您推薦《納尼亞傳奇》。

快加入這個旅程吧！一同來探索魔衣櫥裡的世界！我希望你會和我一樣喜愛這套書。

彭蒙惠

《空中英語教室》及救世傳播協會創辦人

Every child and every person who is young in heart should read C.S.(Clive Staples) Lewis?famous and beloved childrenís classics, The Chronicles of Narnia. With great pleasure and delight I introduce you to The Chronicles of Narnia. Talking animals, wicked dragons, magic spells; kings, queens and kingdoms in danger; dwarfs, giants, and magic rings that will whisk you to different worlds--this is the world of Narnia.

Journey through the magical wardrobe into the land of Narnia, a place where animals talk, trees sing, and humans battle with the forces of darkness. Become friends with Peter, Susan, Edmund, and Lucy as they make hard choices about life and mature from children into kings and queens. Meet Aslan, the kindest, wisest and friendlies lion in the world, the figure of sacrificial love, who also wants to become your friend.

The Chronicles of Narnia will make a posititve influence on your life. Witty, heartwarming, and exciting, they deal themes such as love, power, greed, pride, ambition, and hope. They portray the battle between good and evil and offer moral alternatives to the evil that is so often present in this world. These books are not just for children, but for adults as well. Read them, savor them, and then reread them again. These books will awaken your moral imagination as well as bring you many years of pleasure. I strongly recommend The Chronicles of Narnia.

Embark on this journey--discover the wardrobe.
I hope you will enjoy them as much as I have.

Most Warmly,

Doris Brougham

Dr.Doris Brougham
Founder/International Director
Overseas Radio and Television Inc./ Studio Classroom

你這次要是怯懦的話，
那以後就會不敢對抗生命中的每一場陣仗。

目錄 CONTENTS

1
沙斯塔踏上旅程

他放眼望去，前方除了一片寬廣無垠的草地之外，
什麼也瞧不見。這片草地完全看不到盡頭，
顯得荒涼、孤寂，但也無限的自由。

這是一個發生在納尼亞王國與卡羅門王國，以及兩國之間地段的冒險故事，當時正值納尼亞王國的黃金時代，彼得身為王國的大帝，他的弟弟和兩個妹妹，是從旁協助他的國王和女王。

那時在卡羅門王國最南方的一個海港，住著一名叫做厄西西的窮漁夫，還有一名叫他父親的小男孩跟他同住。這個男孩的名字是沙斯塔。厄西西大多是在清晨駕船出海捕魚，到了下午，就替他的驢子套上運貨車，把魚裝進車裡，到南邊一哩外的村子去賣魚。要是魚賣得不錯，那麼他回家時脾氣就會變得相當好，也不會找沙斯塔麻煩，但要是生意很差的話，就會故意挑沙斯塔的毛病，說不定還會動粗。要挑沙斯塔的毛病很簡單，因為他總是有一大堆工作要做：他得清洗修補魚網、煮晚餐、打掃他們兩人居住的小屋。

沙斯塔對於他家南邊的地區完全不感興趣，因為他曾經跟厄西西到村子裡去過一、兩次，他曉得那兒根本沒什麼好玩的。在村子裡只會碰到一些跟他父親差不多的男人——身穿骯髒長袍，腳踏開口木鞋，纏著頭巾，留著鬍子，老愛慢吞吞地聊一些無聊的話題。但他對於北方的一切，卻非常感興趣，因為從來沒人去過那裡，而父親也不准他一個人去那裡。每當他坐在門前補魚網，身邊沒人的時候，他常常會滿懷渴望地望著北方。但除了一座青草遍布的翠綠山丘屏障，和山後那片點綴著幾隻飛鳥的寬闊天空之外，根本什麼也瞧不見。

有時候，若是厄西西在他旁邊，沙斯塔就會問：「我的父親啊，山丘後面到底是什麼樣的地方？」漁夫若是心情很糟的話，就會狠狠甩沙斯塔幾個耳光，叫他好好專心工作。若是碰到他心情不錯的時候，他就會說：「我的兒子啊，千萬別被這些無用的問題吸引分了心。有位詩人說過：『勤奮為成功之本，那些只會空想的人，好比駕著一艘華而不實的大船，駛向危險的貧窮暗礁。』」

沙斯塔認為山丘後必然藏了一個父親不想讓他知道的美好祕密。但事實上，漁夫之所以會這麼說，只是因為他自己根本對北方一無所知，而且也懶得去理會。他是一個非常實際的人。

有一天，有個來自南方的陌生人出現在他們面前，沙斯塔從來沒看過像他這樣的人。他騎著一匹身上布滿圓點的健壯駿馬，馬鬃和尾巴梳理得柔順，隨風飄揚，馬鐙和韁繩上全都鑲了銀。他身上穿了一件鎖子甲戰袍，在他那絲質的頭巾中央，冒出了一根盔甲的尖刺。他腰間繫著一把偃月彎刀，背上帶著一面綴滿黃銅雕飾的圓形盾牌，右手握著一根長矛。他的面孔黑黝黝的，但沙斯塔一點也不覺得奇怪，因為卡羅門王國的人全都是這副模樣；令他感到驚訝的是，這個男人的鬍子捲捲的，染成了猩紅色，而且還抹了香油，顯得光澤閃亮。厄西西一看到那個陌生人手臂上的金環，就知道他必然是一位「大公」，一名高高在上的貴族，於是連忙跪下來向這位「大公」磕頭，頭低得連鬍子都碰到地了，並急忙打手勢要沙斯塔也一起跪下。

這個陌生人要求晚上在他們家過夜，漁夫自然不敢拒絕。他們把家裡所有最好的食物全都拿出來款待「大公」（但他卻不怎麼賞光），而沙斯塔就跟每次家裡有訪客時一樣，拿了一大塊麵包，轉身走出小屋。每次遇到這種情況時，他通常都會到小茅屋裡去跟驢子一起睡。但現在要睡還太早，而且從來沒人教過沙斯塔，躲在門後偷聽別人談話是不對的事，於是他索性坐了下來，把耳朵貼到小木屋牆上縫隙，聽這兩個大人到底在說些什麼。而這就是他所聽到的內容：

「好了，我的主人啊，」大公說，「我想要向你買那個男孩。」

「大人哪，」漁夫答道，（沙斯塔一聽到他那種甜膩奉承的語氣，就知道他說話時臉上八成露出一副貪婪的神情，）「您的僕人窮是窮，但不管再高的價錢，也不能引誘他把自己唯一的親骨肉賣去當奴隸是吧？有位詩人不是說過：『血濃於水，親情勝過麵包，子孫比紅玉更加珍貴』嗎？」

「就算是吧，」客人冷淡地答道，「但另外還有位詩人似乎是這麼說的：『給臉不要臉，惡意欺瞞智者的賤狗，就等於是敬酒不吃吃罰酒。』你那張老臭嘴少在那邊滿口謊言了。這個男孩分明就不是你的兒子，你的臉跟我的臉一樣黑得跟煤炭似的，但這個男孩卻是金頭髮白皮膚，跟那些住在遙遠北方，雖可惡但的確長得漂亮的蠻族，活脫一個德性。」

「有句話說得好，」漁夫答道，「兵來將擋，水來土掩，唯有慧眼能攻破一切屏障！請您設身處地替我想一想，難纏的客人哪，我窮得要命，根本沒錢討老婆，自然也沒生下一男半女。但就在偉大的『太洛帝』（願吾皇萬壽無疆）開始治理天下，以其偉大的政策造福蒼生的同一年，在一個月圓的夜晚，神明一時興起奪去了我的睡意。於是我爬下床，走出這棟簡陋的小屋，到海灘上去欣賞一下大海和月色，呼吸幾口清涼的空氣，好讓自己感覺清爽一些。過了一會兒，我突然聽到一陣古怪的聲音，就好像是海面上有人正划槳朝我划過來似的，接著又響起一聲微弱的哭聲。沒過多久，潮水就把一艘小船沖到了岸邊，船上只有一個餓成皮包骨的男人屍體，好像才剛死沒多久（因為屍體摸起來還溫溫的），另外還有一個空水壺，和一個活生生的小孩。『想也知道，』我心裡暗忖，『這些不幸的人是從一艘撞毀的大船上逃出來的，但由於神明的旨意，大人為了保全孩子的性命，只得讓自己挨餓，最後終於在看到陸地的那一刻氣絕身亡。』於是我又想到，扶弱濟貧的人必然能夠得到神明的獎賞，同時我也不禁動了惻隱之心（您的僕人心腸軟得很哪）……」

「得了，少在那邊多說廢話，往自己臉上貼金了，」大公硬生生打斷他的話，「我知道你後來把孩子抱回家——不過誰都可以看出，他為你做的苦工，至少可以抵得上十倍的養育費用。快點告訴我，到底要多少錢才肯賣掉他，我已經懶得再聽你囉嗦了。」

「大人真是明察秋毫呀，」厄西西答道，「看得出這孩子把我伺候得無微不至，他對我來說可真是個無價之寶哩。所以呢，我們在談價碼的時候，得把這一點也列入考慮。因為我若是賣掉這個孩子，就一定得再花錢去買個人，或是雇個傭工來接替他的工作。」

「我出十五枚新月幣。」大公說。

「十五！」厄西西用一種半是哭泣、半是尖叫的聲音喊道，「十五！用這麼點兒錢，就想買走我的心肝寶貝，我老了以後還指望靠他養哩！就算你是個『大公』，也不能這樣欺負我這個灰鬍子老頭啊。我要七十。」

聽到這裡，沙斯塔就站起來，躡手躡腳地走開了。他已經聽夠了，他經常聽到村子裡的人討價還價，所以他很清楚這是怎麼回事。沙斯塔相當確定，厄西西將會以比十五枚新月幣多，但比七十枚少的價錢把他賣掉，但他和「大公」得花上好幾個鐘頭才能達成協議。

你若是以為，沙斯塔現在的心情，就跟我們偷聽到父母打算把我們賣去當奴隸的感覺差不多，那你就錯了。首先呢，他目前的生活其實沒比奴隸好多少；在他看來，這位騎著駿馬，看起來派頭十足的陌生人，說不定會比厄西西仁慈一些。另外，剛才他聽到自己居然是厄西西在一艘小船上撿來的，心裡雖然十分激動，但同時也有一種鬆了一口氣的感覺。他常常會感到有些良心不安，因為他過去不論多麼努力，就是死都沒辦法真心去愛這個漁夫，而他知道，一個好男孩應該深愛自己的父親。現在他已曉得，他跟厄西西顯然沒半點兒血緣關係。這使他終於卸下了心裡的重擔。「哎呀，我有可能是任何人呢！」他心想，「我說不定是某位『大公』的兒子——或是太洛帝（願吾皇萬壽無疆）的兒子——甚至還可能是神的兒子咧！」

他就這樣站在小屋前的草地上胡思亂想。暮色迅速落下，天空已出現了一、兩顆星星，但西方的落日尚未完全失去蹤影。陌生人的馬兒就站在離他不遠處，拴在驢舍牆上的鐵環上，正忙著低頭吃青草。沙斯塔慢慢踱到牠身邊，輕拍牠的脖子。牠繼續專心嚼牠的青草，根本懶得理他。

沙斯塔腦袋裡閃過另一個念頭。「不曉得那個『大公』是個什麼樣的人，」他自言自語，「要是他人很好的話，那就太棒啦。有些大領主家裡的奴隸，根本就沒事可做。他們穿得漂漂亮亮的，每天都有肉吃。說不定他會帶我去打仗，結果我在戰場上救了他的命，然後他就放我自由，還收我為養子，賜給我一座宮殿、一輛戰車和一副盔甲。可是他也有可能是個既凶惡又殘忍的人。他說不定會逼我戴上手銬腳鐐，到田裡去做苦工。我真希望能曉得他到底是個什麼樣的人。我要怎樣才能曉得呢？我想這匹馬兒一定知道，要是牠能告訴我就好了。」

馬兒抬起頭來。沙斯塔撫摸牠那如絲緞般光滑的鼻頭，說：「我真希望你會說話，老兄。」

他在那一瞬間還以為自己是在做夢，因為他聽到那匹馬兒用一種細微，卻十分清楚的聲音答道：「我是會說話呀。」

沙斯塔凝視那對巨大的馬眼，而他實在太驚訝了，眼睛瞪得幾乎跟馬眼一般大。

「**你**怎麼會說話？」

「噓！小聲點，」馬兒答道，「在我的家鄉，幾乎所有的動物都會說話。」

「那是在哪兒？」沙斯塔問道。

「納尼亞，」馬兒答道，「納尼亞王國的幸福樂土——那裡有著石南叢生的山巒，遍布著百里香的高原，流水潺潺的峽谷，長滿青苔的洞窟，和迴盪著矮人鐵鎚聲的幽深森林。喔，納尼亞的空氣是多麼甜美芳香啊！只要能在那兒待一個鐘頭，就抵得上在卡羅門活上整整一千年。」說完他發出一聲聽起來非常像是嘆息的嘶聲。

「那你是怎麼到這兒來的？」沙斯塔說。

「被誘拐呀，」馬兒說，「也可以說是被偷，或是被抓——隨便你怎麼說都行。那時我還是一匹小馬，我母親常告誡我，叫我別到南邊的山坡上去晃蕩，而且千萬不能踏上『亞成地』的領土，但我只是把她的話當作耳邊風。而我以獅子的鬃毛起誓，我已經為我的愚昧付出慘痛的代價。這些年來，我忍氣吞聲地做人類的奴隸，努力隱藏我的天性，裝出一副不會說話的傻乎乎德性，就跟**他們的**馬兒沒什麼兩樣。」

「那你為什麼不跟他們透露你的真實身分呢？」

「我可沒那麼笨。他們只要一發現我會講話，就會把我拖到巡迴遊樂場去大肆炫耀，而且會更加嚴密地看住我。這樣我連最後一絲逃走的希望也沒有了。」

「那為什麼——」沙斯塔才剛開口，馬兒就打斷了他的話。

「聽著，」他說，「我們別再浪費時間談這些無聊的問題。你想要知道，我的主人安拉登大公是個什麼樣的人。那我可以告訴你，他是個大壞蛋。他對我沒那麼壞，因為戰馬價格非常昂貴，可不能隨便拿來虐待。但我要是你的話，寧可今天晚上就死掉，也比明天到他家裡去當人類奴隸來得好些。」

「那我最好趕快逃走。」沙斯塔說，臉唰一下變得慘白。

「沒錯，你還是逃走的好，」馬兒說，「不過，何不跟我一起逃？」

「你也要逃走嗎？」沙斯塔說。

「是呀，但你得跟我一塊兒走才行，」馬兒說，「我們兩個得一起走才會有勝算。你想想看，我要是背上沒載人就自己逃走的話，大家一看到我就會說：『有匹馬兒走失嘍。』接著就會立刻趕過來抓我。但要是我背上有人騎的話，我就有機會逃出去。那就是你可以幫助我的地方。從另外一方面看來，你要光靠這兩條小笨腿（人類的腿簡直就是個笑話嘛！）走的話，沒多久就一定會被他們追上。但你要是騎在我背上的話，我們就可以把這個國家的馬兒全都遠遠拋在後面。而那就是我可以幫助你的地方。對了，我想你應該會騎馬吧？」

「喔，當然會啦，」沙斯塔說，「至少我有騎過驢子。」

「騎過**啥**？」馬兒用極端不屑的語氣斥道。（至少他是想這麼說。但事實上他發出的聲音聽起來很像是一陣馬嘶——「騎嘶—呵—呵—呵？」（能言馬在生氣的時候，馬的口音總是會變得比較明顯。）

「換句話說，」他繼續說下去，「你根本不會**騎馬**。這一點對我們相當不利。我們得邊走邊教你騎。好吧，既然你不能騎的話，那你能不能摔呀？」

「摔誰不會啊。」沙斯塔說。

「我的意思是，你能不能摔下來後，不掉一滴眼淚立刻站起來，再重新爬上馬，然後又摔下來，但還是一點也不怕呀？」

「我——我試試看。」沙斯塔說。

「可憐的小鬼，」馬兒的語氣變得溫柔了些，「我忘了你還只是一頭小獸。我們遲早可以把你訓練成一名優秀的騎士。現在呢——我們必須等屋子裡那兩個人睡了以後才能出發。我們可以利用這段時間先來好好做些計畫。我的『大公』

是打算要往北邊出發，直接前往大城『太息邦』和太洛帝的宮廷——」

「哎呀，」沙斯塔用震驚的語氣說，「你不是該說『願吾皇萬壽無疆』嗎？」

「幹嘛呀？」馬兒問道，「我可是一個自由的納尼亞人民。我幹嘛要低三下四地說些只有奴隸和傻瓜才會講的話？我才不希望他萬壽無疆哩，再說我也曉得，不管我希不希望他萬壽無疆，他都絕對不可能長生不死啊。我看得出，你一定也是來自於自由的北方。所以我們兩個就別再說這些無聊的南方土話了！好，廢話少說，繼續討論我們的計畫吧。我剛才說，我的主人要往北邊走，到『太息邦』去。」

「這表示我們最好是往南邊走對嗎？」

「我可不這麼想，」馬兒說，「你也曉得，他以為我跟他的其他馬兒一樣，既不會說話，又笨得要命。要是我真跟牠們一個德性的話，我只要一把繩子掙脫，就會立刻跑回家，乖乖回到我的馬廄和牧場裡去，直接往南邊走兩天路程，返回他的宮殿。他會以為我已經自己跑回家去了。他連做夢也想不到我會自己往北邊走。再說呢，他很可能會以為，我們經過前一個村子的時候，有人看中了我，悄悄跟蹤我們到這兒，趁機把我給偷走了呢。」

「喔，萬歲！」沙斯塔說，「那我們就往北邊走吧。我從小就一直想去北方。」

「你當然想啦，」馬兒說，「因為那兒是你的家鄉嘛。我可以打包票，你絕對是個北方人。但拜託你小聲點。我看他們馬上就會睡了。」

「我溜過去看看好了。」沙斯塔提議。

「這主意不錯，」馬兒說，「但小心別被他們發現。」

此時天色已暗了下來，四周一片寂靜，只聽得到海浪拍打沿岸的聲音，但沙斯塔打從有記憶以來，日日夜夜都會聽到永不止息的海浪聲，因此他幾乎完全沒注意到這些聲響。他往小屋走去，屋中的燈光已經熄滅。他站在大門前側耳傾聽，但裡面沒有任何動靜。他繞到小屋唯一的窗戶前凝神細聽，過了一、兩秒，他聽到了老漁夫唏哩呼嚕的鼾聲。他一想到要是事情進行順利的話，那麼此後就再也聽不到這樣的聲音了，心裡不禁有一絲異樣的感覺。他屏住氣息，覺得有些感傷，但這份感傷卻萬萬不及他心中那股澎湃洶湧的快樂狂潮。接著他就轉過身來，輕手輕腳地越過草地，走到驢舍前，摸索著尋找藏鑰匙的地方，然後打開門，進去拿晚上鎖在驢舍的馬鞍和轡繩。他俯下身來，在驢子的鼻頭上吻了一下。「可惜我們不能帶你一起走。」他說。

「你總算回來了，」馬兒一看到沙斯塔走回來，就開口說，「我還在擔心你是不是出事了呢。」

「我到驢舍去拿你的鞍具，」沙斯塔答道，「好了，現在你可以告訴我，該怎麼把它們套上去了吧？」

在接下來幾分鐘，沙斯塔忙著替馬兒套上鞍具，為了避免讓鞍具發出叮叮噹噹的聲音，他的動作必須非常小心，而馬兒在旁邊嘮嘮叨叨下達指示：「把腹帶繫緊一點兒。」或是「手再往下一些，那兒有個環釦。」或是：「你可別忘了把馬鐙調短。」等一切都弄妥，他又開口說：

「差不多了；我們還得裝上轡繩做做樣子，但你沒必要用到這個。把轡繩綁到馬鞍的前面：盡量綁鬆一點，這樣我的頭才可以自由活動。千萬要記住——絕對不能去碰轡繩。」

「那是做什麼用的？」沙斯塔說。

「通常是用來指示我該走哪個方向，」馬兒答道，「不過呢，這段路程該怎麼走，由我全權負責，所以就拜託你少去碰它嘍。另外我還要提醒你一點。絕對不准去抓我的鬃毛。」

「可是，」沙斯塔抗辯道，「我既不能去碰韁繩，又不能抓你的鬃毛，我**到底**要怎樣才能騎得穩啊？」

「用你的膝蓋呀，」馬兒說，「這就是騎馬的訣竅。用你的膝蓋夾住我的身體，夾得越緊越好，身體坐得筆直，最好挺得像筆桿似的，手肘貼在身邊。喔，對了，你把刺馬釘放在哪兒呀？」

「當然是裝在我的後腳跟上呀，」沙斯塔說，「這點我還懂。」

「那麼你現在可以把它們取下來，放進鞍囊裡。等我們到了太息邦，說不定可以把它們賣掉。準備好了嗎？現在你可以上來了。」

「啊喔！你怎麼這麼高啊。」沙斯塔喘著氣問道，他剛才試著爬了一次，卻爬不上去。

「我是馬兒啊，馬兒本來就高嘛，」馬兒答道，「看你剛才那副蠢相，活像是要爬上乾草堆似的！沒錯，這樣好多了。現在坐挺一點，別忘了我剛才是怎麼教你的，把膝蓋夾緊。想我這匹曾經帶領騎兵隊在沙場上衝鋒陷陣，並曾在賽馬場上獲獎無數的駿馬，居然讓你這個二愣子大剌剌地坐在我背上！算了，別說了，我們走吧。」他咯咯輕笑，但語氣相當親切。

他開始踏上這段夜間旅程，而他處處都顯得格外小心。一開始他先往漁夫家南方走，到達那條匯入大海的小河邊，刻意在泥地裡留下一些往南走的清晰馬蹄印。但他們一走到淺灘中央，他就轉向上游，涉水朝內陸的方向走去，一直走到距離漁夫家大約一百碼左右的地方。然後選了一小片布滿碎石，不會留下腳印的河岸，順利踏上北邊的土地。接著繼續以不疾不徐的步伐往北方走，直到漁夫的小屋、那棵樹、驢舍和小海港——事實上等於是沙斯塔過去所知道的整個世界——全都沒入夏日灰黑的夜色中，完全失去了蹤影。他們剛才一直在爬坡，此刻已登上了山脊——也就是那座過去劃出沙斯塔世界疆界的山脊。他放眼望去，前方除了一片寬廣無垠的草地之外，什麼也瞧不見。這片草地完全看不到盡頭，顯得荒涼、孤寂，但也無限的自由。

「哎呀！」馬兒打量周遭的環境，「這地方挺適合快跑的，是吧？」

「喔，拜託你不要，」沙斯塔說，「現在還不行啦。我根本不曉得該怎麼——求求你，馬兒。對了，我還不曉得你叫什麼名字。」

「我叫噗哩西—西尼—噗哩尼—呼尼—哈。」馬兒說。

「這打死我也記不住，」沙斯塔說，「我可以叫你噗哩嗎？」

「嗯，既然你只能記住這個，那也只好隨你嘍，」馬兒說，「那我該怎麼稱呼你呀？」

「我叫沙斯塔。」

「嗯，」噗哩說，「好吧，這名字的音還**真**難發咧。現在我們言歸正傳，剛才談到快跑是吧。你要是懂得騎馬的話，就會曉得快跑其實比小跑要簡單多了，因為你不會顛得那麼厲害。你只要膝蓋夾緊，眼睛直視我的雙耳中間。千萬別看地面。你要是覺得快要摔下來的話，就把膝蓋再夾緊**一點**，身子再坐直一些就行了。準備好了嗎？現在出發：到納尼亞和北方去嘍。」

2
路上的奇遇

他開始胡思亂想，揣測獅子殺戮時究竟是立刻一咬奪命，
還是像貓抓老鼠那樣，先玩上一陣子再痛下殺手，
他甚至還想到，被獅子咬死不知道會有多痛哩。

第二天快到中午的時候，沙斯塔是被一個舔他臉的熱熱軟軟的東西給驚醒的。他張開眼睛，看到一張長長的馬臉，而牠的鼻子和嘴唇都快貼到他臉上去了。他這才想起昨晚種種驚險刺激的遭遇，於是連忙坐了起來。但他才動了一下，就忍不出發出一聲呻吟。

「噢，噗哩，」他喘著氣說，「好痛喔。我全身都在發疼，根本動不了。」

「早安，小傢伙，」噗哩說，「恐怕你會覺得肌肉有些痠痛。但不會是摔傷。你也不過摔了十來次左右，而且全都是跌到又厚又軟的美麗草地上，摔到上面簡直是種享受哩。唯一摔得最嚴重的那次，也只是掉到一叢金雀花灌木上。絕不是摔傷，剛學騎馬，難免會吃些苦頭。要不要吃點早餐？我已經吃飽了。」

「去他的早餐，去他的一切，」沙斯塔說，「我告訴你，我根本就動不了。」但馬兒用鼻子頂他，並伸出一隻馬蹄輕輕推他，逼得他不得不站了起來。他望了望四周，這才看清周遭的環境。他們背後有一小叢矮樹林。前方是一大片點綴著白色野花，向下通往懸崖邊緣的草坡。在懸崖下方是一片汪洋，但距離他們十分遙遠，因此只能隱約聽見微弱的海浪聲。沙斯塔這輩子從來沒在這麼高的地方看過海，也未見過如此浩瀚無垠的寬闊海面，而他連做夢也想不到，海洋竟然可以呈現出如此豐富多變的色彩。他往左右兩邊望去，全都是一片連綿不盡的海岸，海岬多得幾乎數不清，你可以看到翻飛的白浪一波波地湧上礁岩，但距離太過遙遠，因此完全聽不見一絲聲響。海鷗在天空盤旋飛舞，地上冒出蒸騰的熱氣，這是個炎熱的晴天。但沙斯塔最先注意到的，卻是這裡的空氣。剛開始他還搞不懂究竟有哪裡不太對勁，但想了一會兒，他終於明白過來，這裡的空氣完全沒有半點兒魚腥味。當然啦，自他有生以來，不論是在小屋裡，或是在門前補魚網，都從來不曾擺脫過這樣的氣味。這種嶄新的空氣是如此清冽甜美，過去的生活似乎已被遠遠拋在背後，他在那一瞬間，完全忘了身上的瘀青和痠痛的肌肉，開口問道：

「對了，噗哩，你剛才不是說要我吃早餐嗎？」

「是呀，」噗哩答道，「我想你可以在鞍囊裡找到一些食物。就在那兒，你昨晚把馬鞍掛在那棵樹上——或者該說是今天一大早。」

他們檢查鞍囊，結果令他們十分滿意——一個只有一點點不新鮮的肉餡餅、一大堆無花果乾和綠乳酪、一小瓶酒，另外還有一些錢；大約有四十枚新月幣，沙斯塔這輩子從來沒看過這麼多錢。

沙斯塔坐下來——他努力忍住疼痛，動作也十分小心——把背靠在一棵樹上，開始吃肉餡餅，噗哩為了陪他，也低頭再多嚼了幾口青草。

「用這些錢算不算是偷東西啊？」沙斯塔問道。

「喔，」塞了滿嘴青草的馬兒抬起頭來說，「我可從來沒想到這一點。一匹會說話的自由馬兒，當然是不能去偷東西。但我想這應該沒什麼關係啦。我們可是困在敵國的囚犯和俘虜耶。那些錢全都是他們搶來的戰利品和贓物。何況，我們要是沒錢的話，要到哪兒去替你找東西吃啊？我想你就跟所有人類一樣，絕對不肯吃青草燕麥這些自然食物對吧？」

「這些東西我不能吃呀。」

「有沒有試過？」

「有，我試過。就是吞不下去。你要是我的話，一定也吞不下去的。」

「你們人類這種小動物還真是麻煩咧。」噗哩做出評論。

等沙斯塔吃完早餐（他這輩子從來沒吃過這麼好吃的東西），噗哩開口說：

「在裝上馬鞍前，我想先在草地上好好打個滾，」他說做就做，「真舒服，真是舒服死了，」他說，用背在草地上磨蹭，四腳在空中亂踢亂蹬，「你也來滾一下嘛，沙斯塔，」他噴著鼻息說，「這是最佳的提神妙方。」

但沙斯塔卻忽然放聲大笑說：「你四腳朝天的樣子，看起來好滑稽唷！」

「才不會呢。」噗哩說。但接著他就突然翻過來，抬起頭來，輕輕喘著氣，緊盯著沙斯塔。

「這樣看起來真的很滑稽嗎？」他的語氣顯得相當不安。

「是啊，滑稽死了，」沙斯塔答道，「但這有什麼關係？」

「你有沒有想過，」噗哩說，「**會說話**的馬兒說不定從來都不做這種事——這會不會是我跟那些啞巴笨馬學來的愚蠢小丑把戲？要是等我回到納尼亞王國，結果卻發現自己染上了許多低級的壞習慣，那不是很糟糕嗎？你覺得怎麼樣，沙斯塔？跟我說實話。別怕傷害我的感情。你覺得那些真正自由的馬兒——那些會說話的馬兒——會在地上打滾嗎？」

「這我怎麼會曉得？再說，我要是你的話，我才沒空去擔心這些事呢。我們得先趕到那兒才行呀。你到底知不知道路啊？」

「我知道怎麼去太息邦。在那之後就是一片沙漠。喔，我們會有辦法穿越沙漠的，不要擔心。為什麼呢？因為那時候我們就可以看到北方的山巒了啊。你想想看，我們就要去納尼亞和北方了耶！沒有任何事物能擋得了我們。要是能夠順利通過太息邦，我可就大大鬆了一口氣。我們兩個還是離城市遠一點比較安全。」

「我們不能避開它嗎？」

「可以是可以，但那得往內陸的方向繞很大一段路，這樣我們就會經過繁華的地區和主要大道；而且我路也不熟。不，我們只能沿著海岸偷偷溜過去。待在這片高原上，除了綿羊兔子海鷗和幾個牧羊人之外，什麼人也不會碰到。好了，現在可以上路了吧？」

沙斯塔替噗哩套上鞍具，然後再爬到馬鞍上，他的雙腿痛得要命，但馬兒很體貼，整個下午都刻意放輕腳步。黃昏來臨時，他們沿著一條陡峭的下坡路走到一個山谷，在那兒找到了一個村莊。進村前，沙斯塔就先下馬，獨自步行走進村子裡，買了一條麵包，一些洋蔥跟蘿蔔。馬兒在暮色中從田野繞過去，在村莊另一頭跟沙斯塔會合。此後這變成了他們每隔兩天的固定行程。

沙斯塔覺得這種生活非常快樂，隨著他的肌肉日漸強壯，摔跤的次數越來越少，這段行程也就變得越來越愉快了。即使在沙斯塔從騎術訓練課程畢業之後，噗哩仍然常愛數落他，說他軟趴趴地癱在馬鞍上，活像個麵粉袋似的。「就算不用考慮安全問題，小鬼頭呀，我也不敢載著你在大路上走，要是被人看到的話，那我不是丟臉丟到家了。」但噗哩嘴巴雖然毒，卻是個很有耐心的老師。騎術教學絕對不會有人比馬兒更加在行。沙斯塔學會了小跑、慢跑、蹦跳，甚至在噗哩突然停下來，或是毫無預警地猛然轉向時，他也能穩穩坐在馬鞍上不掉下來——噗哩告訴他，這些全都是在戰場上應付突發狀況所必備的技巧。然後沙斯塔自然就哀求噗哩說一些他載著大公上戰場打仗的事情。於是噗哩開始述說艱苦的行軍旅途與涉過激流的危險行動，述說騎兵隊兩兵交接的慘烈戰況，在激戰中馬兒也像人類一樣參與戰役，這些凶猛的種馬受過嚴格的訓練，善於嘶咬踢蹬，並會在適當的時刻人立起來，這樣當騎士用寶劍或戰斧發動攻擊時，就可以藉著馬兒和他本身的重量，以雷霆萬鈞之勢劈向敵人的頭頂。沙斯塔雖然很愛聽，但噗哩卻不太喜歡談到打仗的事。「別再提這些事了，小伙子，」他會說，「這全都是太洛帝的戰爭，而我只是以一個奴隸，一匹啞巴笨馬的身分參戰。讓我參與納尼亞王國的戰爭，以一匹自由馬兒的身分，站在我自己的同胞之中上戰場作戰吧！這樣的戰役才真正值得一提。前往納尼亞，前往北方！布拉─哈─哈！布嚕─呵！」

沙斯塔很快就學會，每當噗哩這麼說的時候，就表示他要開始放足狂奔了。

他們就這樣走了好幾個禮拜，經過許許多多的海灣、海岬、河流和村莊，數量多得讓沙斯塔都無法記得清，然後，在一個月光明亮的夜晚，他們白天睡飽了覺，開始在傍晚踏上旅程。他們此時已離開高地，踏上一片寬廣的平原，在距離他們左邊半哩左右的地方，有座森林，在他們右邊大約同樣的距離，則是一片隱藏在低矮沙丘後方的浩瀚汪洋。他們時而小跑，時而漫步，就這樣緩步徐行了一個鐘頭之後，噗哩突然停下腳步。

「怎麼啦？」沙斯塔問道。

「噓—噓—噓噓！」噗哩說，他伸長脖子東張西望，耳朵迅速抽動，「你有沒有聽到什麼聲音？仔細聽。」

「聽起來好像是有另外一匹馬兒——就在我們和樹林中間。」沙斯塔凝神聽了大約一分鐘後說道。

「這**的確是**另外一匹馬兒，」噗哩說，「我擔心的就是這個。」

「大概只是一個比較晚回家的農夫吧？」沙斯塔邊說邊打了個呵欠。

「開什麼玩笑！」噗哩說，「那絕不會是農夫。也絕不會是農夫的馬兒。你難道聽不出來嗎？那可是一匹高水準的駿馬呀。騎馬的人也是一位優秀的騎士。我告訴你這是怎麼回事，沙斯塔。有個大公正沿著樹林邊緣往前走。他騎的不是戰馬，戰馬的腳步聲沒那麼輕。照我看來，他騎的應該是一匹品種優良的母馬。」

「好吧，不管那是什麼，反正牠現在已經停下來了。」沙斯塔說。

「沒錯，」噗哩說，「那為什麼我們一停下來，他也跟著不走啦？沙斯塔，我的孩子啊，我看這下我們終於被人盯上嘍。」

「那我們該怎麼辦？」沙斯塔壓低聲音說，「你覺得他可以看見我們，或是聽到我們的聲音嗎？」

「就算我們靜靜待著不動，在這麼亮的月光下，遲早也會被他發現，」噗哩答道，「但你看！那兒有一朵雲飄過來了。等它一遮住月亮，我們就盡量放輕腳步往右邊走，悄悄溜到海岸邊。要是情況不妙，我們就躲到沙丘中藏身。」

他們一等雲遮住月亮，就悄悄往海邊走去，一開始還緩步徐行，但過沒多久，他們就開始輕輕跑了起來。

那朵雲比原先看起來還要更大更厚，四周很快就變得一片漆黑。就在沙斯塔暗暗替自己打氣：「馬上就會走到沙丘了。」時，他的心忽地猛然一跳，因為在前方的黑暗中，突然響起一陣駭人的聲響；那是一聲長而淒厲的吼叫，聽起來抑鬱悲壯又野性十足。噗哩趕緊掉轉方向，用最快的速度重新朝內陸的方向狂奔過去。

「那是什麼東西啊？」沙斯塔喘著氣問道。

「獅群！」噗哩說，他並沒有停下腳步，也不曾回頭看上一眼。

接下來他們沒再多交談，只是一個勁兒往前奔馳。直到他們劈里啪啦地涉過一條寬闊清淺的溪流，終於登上河對岸的土地時，噗哩才總算停了下來。沙斯塔注意到他渾身是汗，而且還在發抖。

「河水會洗去我們的氣味，這樣那頭野獸就找不到我們了。」噗哩才稍稍喘過氣來，就上氣不接下氣地說，「我們現在可以慢慢走一會兒了。」

他們開始往前走，噗哩又開口說：「沙斯塔，我覺得自己好丟臉唷。活像是那些又笨又啞的普通馬兒，嚇得死去活來。實在太不像話了。我覺得自己根本就不像是一隻能言馬。什麼寶劍啦、長矛啦、弓箭啦，我都不當一回事，但我就是受不了——那些生物。我想我還是小跑一下好了。」

但才過了一分鐘，他又開始拔足狂奔，這不能怪他。因為吼叫聲又再度響起，而且這次是從左邊森林那兒傳過來的。

「有兩隻。」噗哩呻吟道。

他們繼續往前奔馳了好幾分鐘，並沒有再聽到吼叫聲，然後沙斯塔突然開口說：「哎呀！另外一匹馬現在就在我們旁邊跑耶。跟我們大概只隔了十幾步遠。」

「太好—好了，」噗哩氣喘吁吁地說，「騎馬的人是個大公——他身上會帶寶劍——可以保護我們大家。」

「你真是搞不清狀況，噗哩！」沙斯塔說，「我們要是被抓到的話就沒命了，那還不如乾脆被獅子吃掉。至少我是休想活命。他們會以偷馬的罪名把我吊死。」他不像噗哩那麼怕獅子，因為他這輩子從來就沒見過這種動物，但噗哩可是領教過獅子的厲害。

噗哩什麼也沒說，只是哼了一聲，但接著他就掉頭轉向右方。奇怪的是，另外一匹馬似乎也立刻轉向左方，因此才短短幾秒，兩匹馬兒之間的距離就大幅拉寬。但他們才剛分開，就又此起彼落地接連響起兩聲獅吼，聽起來正好一隻在右邊，一隻在左邊，於是兩匹馬兒又嚇得重新靠攏。兩頭獅子顯然也跟他們越靠越近。兩旁的獸吼聽起來近得嚇人，似乎可以輕而易舉地趕上馬兒疾馳的腳步。過了一會兒，雲層漸漸散去。明亮無比的月光將黑夜照得亮如白晝，使周遭的一切全都顯得異常清晰。兩匹馬兒和兩名騎士彷彿是在賽馬場似的，肩貼著肩，腿挨著腿，並駕齊驅地往前飛奔。事實上，噗哩（後來）表示，這可算是卡羅門國有史以來最精采的一場賽馬比賽。

沙斯塔覺得自己是死定了，他開始胡思亂想，揣測獅子殺戮時究竟是立刻一咬奪命，還是像貓抓老鼠那樣，先玩上一陣子再痛下殺手，他甚至還想到，被獅子咬死不知道會有多痛哩。但他同時（你在最害怕的時候，有時會出現這樣的情況）也清楚地注意到周遭的一切。他看到另外一名騎士穿著一身盔甲（月光把盔甲照得閃閃發亮），身材非常纖細瘦小，騎術看來十分精湛。他臉上並沒有鬍子。

他們前方出現一大片平坦而閃亮的東西。沙斯塔還來不及猜測那到底是什麼，就聽到一陣嘩啦嘩啦的響亮水聲，並發現自己吞了半口鹹水。那片閃亮的東西是一個狹長的海灣。兩匹馬兒正在往前泅泳，海水直淹到沙斯塔的膝蓋。他們背後響起一聲憤怒的吼叫，沙斯塔回過頭來，看到有一個龐大而毛茸茸的可怕身影蹲伏在水邊，但只有一隻。「我們想必已經甩掉一隻獅子了。」他心想。

獅子似乎是認為，這些獵物並不值得讓牠把身體弄濕；至少牠並沒有跳到水裡來追趕他們。兩匹馬兒肩並肩地朝前泅泳，游到了海灣中央，在這裡可以清楚看到對面的海岸。那個大公到現在都還沒說過一句話。「但只要等我們登上海岸，」沙斯塔心想，「他就一定會開口詢問。那我該怎麼說才好？得趕快編個故事。」

然後，他突然聽到有兩個不同的嗓音在他身邊交談。

「喔，我**好**累唷。」一個聲音說。

「閉嘴，昏昏，少笨了。」另一個聲音說。

「我這是在做夢吧，」沙斯塔心想，「我發誓我聽到另外一匹馬兒開口說話。」

過沒多久，兩匹馬兒就停止游泳，開始踏水而行，才一會兒，在一陣沖過他們腹側和尾巴的響亮嘩啦水聲，和八隻馬蹄踏過碎石的嘎喳嘎喳聲中，他們終於登上了峽灣另一邊的海灘。沙斯塔驚愕地發現，那個大公竟然無意多做詢問。他甚至連看都沒看沙斯塔一眼，反倒急著催促他的馬兒繼續往前走。但噗哩卻立刻一個箭步趕上前來，擋住了另一匹馬兒的去路。

「布嚕—呵—哈！」他噴著鼻息說，「別急著走！我**聽到**妳說話了，聽得一清二楚。沒必要再裝了，夫人。我已經聽到妳說話了。妳跟我一樣，也是一匹會說話的馬兒，納尼亞王國的能言馬。」

「就算她會說話，那也不干你的事。」那名陌生的騎士凶巴巴地說，並用手按住劍柄。但他的嗓音卻已對沙斯塔透露了一個事實。

「哎呀，只是個女孩子嘛！」他驚呼。

「就算我**只是**一個女孩子，又關你什麼事啊？」陌生人厲聲吼道，「你只是一個男孩子：一個粗魯、平凡的小男孩——八成還是個偷了主人馬匹的奴隸。」

「這**妳**又知道了。」沙斯塔說。

「這位女大公，他不是小偷，」噗哩說，「至少，就算真有誰偷了東西，那也該說是我偷走了**他**。再說，這雖然不關我的事，但妳總不會以為，我在異國路上碰到一位女同胞，而我竟然連話都不跟她說一聲就匆匆走開吧。我當然要跟她聊聊天啊，這是天經地義的事嘛。」

「我也覺得這是天經地義的事。」母馬說。

「妳給我閉嘴，昏昏，」女孩說，「看看妳給我們惹來什麼麻煩。」

「我看不出這有什麼好麻煩的，」沙斯塔說，「妳要走就快走啊。又沒人攔著妳。」

「你就算想攔也攔不住。」女孩說。

「人類這種動物還真是愛吵架，」噗哩對母馬說，「他們簡直就跟騾子一樣難纏。別理他們了，我們來好好聊一聊。依我推斷，妳的身世大概跟我差不多吧？小時候被抓到這兒來——在卡羅門國做了好多年的奴隸，我沒猜錯吧？」

「的確是這樣，先生。」母馬答道，並發出一聲憂傷的嘶鳴。

「那現在呢，妳也許是在——逃亡吧？」

「叫他少管閒事，昏昏。」女孩說。

「我才不要呢，艾拉薇，」母馬說，耳朵貼向腦後，「又不是只有妳一個人在逃亡，我同樣也在逃亡啊。而且我相信，像他這樣高貴的戰馬，是絕不會出賣我們的。我們是在逃亡，想逃到納尼亞王國。」

「好，那我告訴妳，我們也是一樣，」噗哩說，「這妳自然早就猜到了。一個穿得破破爛爛的小男孩，在三更半夜騎著一匹戰馬奔馳，這顯然百分之百是在逃亡。不過呢，請原諒我這麼說，一位出身高貴的女大公，在深夜孤零零地騎馬狂奔——身上穿著她兄弟的盔甲——而且還神經兮兮地要大家少管閒事，不准別人問她問題——好，要是其中並無蹊蹺的話，那你們就叫我做粗活的劣馬好了！」

「那好吧，」艾拉薇說，「被你猜中了。昏昏和我的確是逃家了。我們想要到納尼亞去。好了，那你說你到底想怎樣？」

「哎呀，既然這樣的話，那我們為什麼不乾脆大家一塊兒走呢？」噗哩說，「我相信，昏昏夫人哪，妳應該會願意接受我這份心意，讓我在路上幫助妳保護妳吧？」

「你幹嘛老是不理我，反倒去跟我的馬兒說話呀？」女孩問道。

「對不起，女大公，」噗哩說（耳朵微微歪向後方），「但這是只有卡羅門國的人才會說的話。昏昏和我可是自由的納尼亞子民哪，而我猜想，既然妳現在是要逃到納尼亞王國，那就表示妳自己也想做個納尼亞人。這樣的話，昏昏就不再是妳的馬兒了。說不定還會有人說妳是**她的**人類哩。」

女孩張開嘴想說話，但接著又閉上嘴。她顯然過去從來沒想到這一點。

「但事情還是一樣，」過了一會兒她開口說，「我看不出我們一起走有什麼好處。這樣不是更容易引人注目嗎？」

「正好相反。」噗哩說。

母馬也說：「喔，拜託讓我們一起走吧。這樣我會覺得放心多了。我們甚至連該走哪條路都搞不清。我相信像他這樣傑出的戰馬，懂的一定比我們多多了。」

「喔，好了啦，噗哩，」沙斯塔說，「就讓她們自己走算了。難道你還看不出，她們根本不想跟我們一起走嗎？」

「我們想啊！」昏昏說。

「聽著，」女孩說，「我是不反對跟你一起走，戰馬先生，但這個男孩呢？我怎麼知道他會不會是奸細？」

「妳憑什麼一眼就認定我會對妳不利?」沙斯塔說。

「安靜,沙斯塔,」噗哩說,「女大公的疑問相當合理。我可以替這個男孩擔保,女大公。他是我的好朋友,對我一直非常忠實真誠。而且照我看來,他要不是納尼亞人,就一定是亞成地人。」

「那好吧。我們就一起走好了。」但她還是沒跟沙斯塔說話,事情很明顯,她願意跟噗哩一起走,卻懶得理會沙斯塔。

「太棒了!」噗哩說,「現在隔了一道海灣,那頭可怕的野獸就抓不到我們了,所以呢,現在請你們這兩位人類替我們把馬鞍卸下來,讓我們大家休息一會兒,好好聊一聊,彼此認識一下。」

兩個孩子各自替他們的馬兒卸下馬鞍,兩匹馬兒吃了一點兒青草,艾拉薇也從她的馬鞍袋裡取出一些相當美味的食物。但沙斯塔現在正在生悶氣,因此他只是逞強地說謝謝,不用客氣,他一點兒也不餓。他故意抬頭挺胸,努力擺出一副他自認為最威嚴、最高貴的貴族派頭,但可惜的是,漁夫住的小屋通常並不是學習貴族風度的好地方,因此結果可想而知。他心裡也有些意識到自己的表現有多糟糕，這讓他的心情變得更加悶悶不樂，舉止也顯得比先前更加笨拙。但兩匹馬兒卻聊得興高采烈，交情越來越好了。他們一起回憶納尼亞王國的情景，都對一些同樣的地方念念不忘——「海狸水壩」上面那片牧草地——還發現他們竟然是遠房表親。這種情形使兩個人類感到越來越不自在，最後噗哩終於開口說：「好了，女大公，跟我們說說妳的故事吧。別講太快——我現在覺得很舒服，可以慢慢聽妳說。」

艾拉薇立刻開始述說，她把身子坐得挺直，不論是語氣聲調，或是遣辭用句，都變得跟平常很不一樣。這是因為，在卡羅門王國中，說故事（不管故事是真的還是杜撰的）是一種必須學習的功課，就跟英國的小男孩小女孩得學寫作文一樣。不同的是，大家都喜歡聽故事，但我可從來沒聽說有哪個人想要讀作文的。

3

在太息邦城門前

他們現在白天盡量躲起來，等到天黑以後才繼續趕路。
每次一停下來休息，他們就開始你一言我一語地說個不停，
爭論到了太息邦以後究竟該怎麼做。

「我的名字，」女孩立刻開口說，「叫做艾拉薇女大公，我是齊拉希大公的獨生女，他的父親是李西堤大公，祖父是齊拉希大公，曾祖是艾索瑞太洛帝，而曾曾祖則是身為太息神嫡系子裔的亞狄太洛帝。我的父親是卡拉華省的領主，同時也是少數不用在太洛帝（願吾皇萬壽無疆）面前屈膝跪拜的重臣之一。我的母親（願她在神的懷抱中安息）早已過世，我的父親又娶了另一名女子為妻。我有一個哥哥在遙遠的北方對抗叛軍時，不幸在戰場上為國捐軀，而我其他兄弟的年紀都還很小。現在該提到我父親的妻子了，我的後母痛恨我，只要我住在父親家中，在她眼中甚至連太陽都變得黯淡無光。於是她勸我父親把我嫁給艾好大大公。這個艾好大出身卑微，但近幾年來靠拍馬屁和進讒言博得了太洛帝（願吾皇萬壽無疆）的寵愛，現在艾好大已受封為大公，也是名下擁有眾多城市的大領主，而且很可能在目前的首相去世之後接替他的位置。他少說也有六十歲了，背上有個醜陋的駝峰，臉孔長得活像是一隻大猩猩。但我的父親卻看中艾好大的財富和權勢，再加上他的妻子在一旁煽動，於是他派遣使者去向艾好大表示，想要將我許配給他，艾好大歡天喜地地答應了這樁婚約，並派使者告訴我父親，他將在今年仲夏時前來迎娶。

「這個消息一傳到我耳朵，立刻天地為之變色，我躺在床上哭了一整天。到了第二天，我就站起來，把臉洗乾淨，替我的母馬昏昏套上鞍具，帶著一把我哥哥曾在西方戰場上使用過的鋒利匕首，獨自騎馬離開家門。當我父親的房子完全失去蹤影，而我走進一座無人的森林，踏入一片寬敞碧綠的林中空地時，我就從母馬昏昏身上跳下來，取出匕首。然後用刀鋒頂住我認為最接近心臟的部位，將我的衣衫割破，祈求天上所有神明，讓我在死去之後能與我的哥哥重逢。然後我就閉上眼睛，咬緊牙關，準備將匕首刺入心臟。就在我下手之前，這匹母馬突然用人類少女的聲音開口說：『喔，我的主人哪，妳可千萬不要尋死啊，留得青山在，不怕沒柴燒，只要活著就有希望找到幸福，但死了卻一切都完了。』」

「我才沒說得那麼好呢。」昏昏嘟囔著說。

「噓，夫人，別打岔，」噗哩說，這個故事讓他聽得十分入迷，「她是用華麗的卡羅門敘事風格述說這個故事，就算是太洛帝宮中的御用說書人，也不會說得比她更好。拜託妳快點講下去，女大公。」

「當我聽到我的母馬竟然口吐人言時，」艾拉薇繼續說下去，「我告訴自己，死亡的恐懼已讓我失去理智，因而產生了錯覺。我感到萬分羞愧，因為我們家族向來都是把生死置之度外，死亡對我們來說就像蚊子咬一樣，沒人會放在心上。於是我又再度抓緊匕首，用力往下刺，但昏昏卻連忙趕過來，把頭塞到我胸前，擋住了匕首，苦口婆心地勸我不要尋死，並像母親責怪女兒般地罵我不懂事。而我實在太過驚訝，完全忘了要自殺，甚至把艾好大的事情都拋到九霄雲外，只是急急追問她：『喔，我的馬兒呀，妳是怎麼學會用人類少女的聲音說話的呢？』她對我透露在場的人都已經知曉的事情，告訴我在納尼亞王國有許多會說話的野獸，當她還是一匹小馬的時候，就不幸被人偷走，被迫離開了家鄉。她同時也對我描繪納尼亞王國的幽深樹林與湖泊河流，還有那裡的高聳城堡與雄偉大船，最後我忍不住說：『我以太息神、阿扎羅神，以及夜之女神茶迪娜等諸神的聖名起誓，我極度渴望能前往那個國家。』『我的主人哪，』馬兒答道，『妳在納尼亞王國一定會過得十分幸福快樂，因為在那兒沒有人會強迫女孩子嫁給她們不愛的人。』

「我們就這樣談了許久，我心中又再度燃起了希望，並暗自慶幸自己沒有自殺成功。然後我跟昏昏約好一起偷偷溜走，並擬定以下的計畫。我們先回到我父親家，換上我最鮮豔華麗的衣裳，在父親面前開心地歌唱舞蹈，假裝對他安排的這門親事感到十分滿意。同時我還對他說：『喔，我最敬愛的父親啊，請允許我帶一名侍女獨自到森林裡待上三天，在那裡舉行祕密祭典，祭拜夜之女神與少女的守護神茶迪娜，按照習俗，這是每個少女在即將嫁為人婦，脫離茶迪娜庇護時，所應盡的禮節。』而他答道：『喔，我最心愛的女兒啊，該做的妳就去做吧。』

「但我一離開父親，就趕緊去找他最年老的一名奴隸，也就是他的祕書。當我還在襁褓中的時候，他常把我抱在膝上逗我玩耍，在他眼中，我甚至比空氣與陽光還要珍貴。我要他發誓替我保密，哀求他替我寫一封信。他聽了不禁老淚縱橫，苦苦哀求我改變心意，但最後還是拗不過我，只好說：『屬下遵命。』並完全照我的意思去做。我把信封好，藏在懷中。」

「但信裡到底寫了些什麼啊？」沙斯塔問道。

「安靜，小伙子，」噗哩說，「你這樣會破壞聽故事的樂趣。她待會兒就會在適當的時候對我們透露信件的內容。趕快再繼續說下去嘛，女大公。」

「然後我把那名要跟我一起去祭拜茶迪娜的侍女召過來，吩咐她一大早就喚我起床。我故意在她面前強顏歡笑，並賞她酒喝，但我暗地裡在她的杯子裡下藥，這樣她就會昏睡一天一夜。等我父親家裡的人全都入睡之後，我就立刻爬下床，穿上我哥哥留下的一副盔甲，在他死後我一直把它留在房中作為紀念。我把全部的財產和一些高級珠寶塞進腰帶，另外也替自己準備了些食物，然後親手替馬兒套上鞍具，在午夜過後騎馬離開家門。我並未走向父親以為我會前往的樹林，而是朝東北方出發前往太息邦。

「我知道父親會相信我的謊言，因此他在三天之內並不會來尋找我。而在第四天，我們到達了『愛心八達』城。『愛心八達』位於眾多道路的交會點，太洛帝（願吾皇萬壽無疆）在此建了郵務中心，信差可以利用這個絕佳位置，快馬加鞭地將訊息傳送到帝國各個角落；而身分高貴的大公享有派遣他們送信的特權。因此我前往『愛心八達』城的皇家郵局，直接去找郵務長，告訴他：『喔，帝國的郵件總管啊，這裡有一封我叔父艾好大大公，要寄給卡拉華省領主齊拉希大公的信函。收下這五枚新月幣，將這封信安全送達他手中。』郵務局長答道：『屬下遵命。』

「這封信是假冒艾好大的手筆，內容大約如下：『艾好大大公奉神威無敵且鐵面無私的太息神之聖名，謹在此向齊拉希大公問候致意，並祝福閣下福壽安康。

在此稟告閣下，在我前往閣下領土，履行我與閣下之女艾拉薇女大公的婚約途中，由於諸神的眷顧，我有幸與她在樹林中巧遇，當時她依照少女婚嫁前的習俗，剛完成祭拜茶迪娜女神的儀式。當我知曉她的真實身分，而她的美貌端莊又令我大為傾倒，心中立刻燃起了熊熊愛火，我感到，若是不能立刻與她成婚，太陽將變得黯無光彩。因此在我巧遇閣下女兒的一個鐘頭之內，就舉行了必要的儀式，將她迎娶過門，並帶她返回我的家鄉。我們夫妻倆都十分渴望閣下能盡快趕到此地，使我倆有幸親睹慈顏並聆聽教誨；同時也請閣下將我妻子的嫁妝一併帶過來，因為我必須負擔龐大的開銷，希望閣下切莫延擱推託。此外，基於我與閣下長久的兄弟情誼，我相信閣下並不會因我們倉促成婚而大發雷霆，因為這完全是出於我對貴千金的熱烈愛情。我在此誠心祈禱閣下能獲得諸神的眷顧。』

「我一處理完這件事，就立刻離開『愛心八達』城，此時我已不再害怕會被人追捕，並暗自盼望我父親在收到這樣一封信以後，會派遣使者去找艾好大，或是親自跑一趟，這樣等事跡敗露時，我早已通過太息邦遠走高飛了。以上就是我過去這一生的概略事蹟，然後我就在慘遭獅子追逐，游過海水的那天晚上與你們相遇。」

「但那個女孩子後來怎麼樣了——就是那個被妳下藥昏睡的女孩？」沙斯塔問道。

「想必會因為睡過頭而被毒打一頓，」艾拉薇冷酷地說，「不過她本來就是我後母派過來監視我的奸細。她挨打是活該，打得越重我越高興。」

「哎呀，我覺得那真的是很不公平。」沙斯塔說。

「哼，我才懶得管你怎麼想哩。」艾拉薇說。

「而且這故事還有個讓我覺得完全說不通的地方，」沙斯塔說，「妳還沒長大呢，我看妳不會比我大多少。不對，我看妳年紀根本比我還要小。妳這麼小怎麼可以結婚呢？」

艾拉薇什麼也沒說，但噗哩卻立刻開口解釋：「沙斯塔，幹嘛洩露你自己的無知呢，地位較高的大公家庭，本來就是在這種年紀結婚的嘛。」

沙斯塔的臉漲得通紅（幸好四周的光線非常黯淡，其他人都沒發現），覺得自己受到奚落。艾拉薇請噗哩述說他的故事。噗哩開始述說，而沙斯塔越聽越不自在，覺得他實在花太多時間來描繪沙斯塔差勁的騎術和摔跤的慘狀。噗哩顯然是覺得這樣很好玩，但艾拉薇卻依然板著一張臉，從頭到尾沒笑過一聲。等噗哩說完之後，他們全都沉沉睡去。

第二天，他們四個，也就是兩匹馬兒和兩個人類，再度開始一起踏上旅程。沙斯塔不禁感到，還是他和噗哩兩個一起走的時候比較愉快。因為現在主要都是噗哩和艾拉薇兩個在聊天，別人根本就插不上嘴。噗哩在卡羅門王國住了很長的一段日子，總是跟大公們和大公的戰馬待在一塊兒，因此他自然跟艾拉薇有許多共同認識的人和共同去過的地方。她每隔一陣子就會這麼說：「要是你參加過祖林德戰役，那你一定見過我的艾立馬表哥。」而噗哩將會答道：「喔，沒錯，艾立馬，他是戰車部隊的隊長。但我對所謂的戰車部隊和那些拉戰車的馬兒，說實話並不是很贊同。他們根本就不能算是真正的騎兵隊。不過呢，他倒算是一位相當令人欽佩的貴族。在我們攻下踼北城以後，他在我的糧秣袋裡裝滿了糖哩。」要不然就是噗哩提起：「那年夏天我是待在梅蕊湖邊。」而艾拉薇就會接口說：「喔，梅蕊！我有個朋友就住在那兒，她叫雷莎琳女大公。那真是個令人愉快的好地方。那些花園，還有那令人流連忘返的『千香谷』！」噗哩完全無意要將沙斯塔排除在外，但沙斯塔有時還是會覺得，噗哩根本就是故意要冷落他。有共同話題的人總是會忍不住說個不停，而你若是在場的話，同樣也會感到自己受到冷落。

母馬昏昏在像噗哩這樣的戰馬面前是害羞沉默多了。至於艾拉薇呢，她根本就不想跟沙斯塔說話。

不過呢，他們很快就得考慮一些更重要的問題。他們越來越接近太息邦了。他們途中經過的村莊變得越來越多，規模也越來越大，而路上遇見人的機率也隨著大幅增加。他們現在白天盡量躲起來，等到天黑以後才繼續趕路。每次一停下來休息，他們就開始你一言我一語地說個不停，爭論到了太息邦以後究竟該怎麼做。在這之前，每個人都刻意避開這個難題，但現在已沒辦法再逃避下去了。大家在進行討論的時候，艾拉薇對沙斯塔的態度會稍稍地好一些；人通常是在討論事情時，比漫無目的地閒聊時，容易相處。

噗哩表示，他們現在的第一要務，就是約好一個地點，萬一大家要是不幸在通過城市時失散的話，就可以各自按照約定到太息邦另一端去跟其他人會合。他認為最適當的地點，就是位於沙漠邊緣的「古帝王墓」。「那兒就像是巨大的石頭蜂窩，」他說，「一眼就會注意到它。而它最大的優點是，卡羅門王國的人絕對不敢靠近它，他們認為那兒有惡靈作祟，怕得要死咧。」艾拉薇問噗哩，那裡是否真的鬧鬼。噗哩卻很了不起地表示，他可是自由的納尼亞馬兒，才不信卡羅門這一套哩。接著沙斯塔也表示，他也不是卡羅門王國的人，才不會相信什麼惡靈作祟的無稽之談哩。這當然不是實話。但這句宣言讓艾拉薇感到相當佩服（但同時也覺得很不高興），所以只好硬著頭皮說，不管那兒有多少惡靈，她全都不放在心上。因此事情就此決定，大家把「古帝王墓」定為到達太息邦另一端以後的會合地點，然後他們一下子全都覺得輕鬆了許多，感到事情幾乎全都解決了，但接著昏昏就用十分謙遜的態度指出，他們真正的問題，並不是他們通過太息邦以後該到哪裡會合，而是該如何通過那個城市。

「這等明天再來想辦法，夫人，」噗哩說，「現在該睡了。」

但這個辦法並不好想。艾拉薇最初是提議，他們乾脆趁夜晚摸黑跳進河裡，從城市下方游過去，這樣就根本不用踏入太息邦一步。但噗哩提出兩個理由反駁她。首先呢，河口實在太過寬闊，昏昏本來就沒辦法游那麼遠，而且背上還得載一個人。（其實連他自己也沒辦法游那麼遠，但他卻刻意避開這一點不提。）還有呢，河面上到處都是船隻，只要有人在甲板上看到，居然有兩匹馬游過河面，必定會起疑，非得追究個水落石出不可。

沙斯塔認為，他們應該沿著河流走到太息邦上方，找河面較窄的地方游過去。但噗哩對他解釋，那兒的河流兩岸，有著長達數哩的花園和遊樂中心，有許多大公和女大公在那裡尋歡作樂，他們常常會騎馬在道路上奔馳，要不然就是在河面上舉行水上宴會。事實上，那裡可算是艾拉薇和他最容易被人認出來的地方。

「那我們就得喬裝改扮。」沙斯塔說。

昏昏表示，在她看來，最安全的方法就是直接從城門走過去，因為擠在人群中，比較不容易引起注意。但她也覺得喬裝打扮是個好主意。她說：「他們兩個人都得穿得破破爛爛的，打扮成鄉下人或是奴隸的模樣。而艾拉薇的盔甲、我們的鞍具和其他配備，都得裝進包裹裡，放在我們背上，這樣孩子們只要假裝牽著我們走，別人就會以為我們只是運貨的馱馬了。」

「我親愛的昏昏！」艾拉薇用一種相當不屑的語氣說，「不管妳怎麼替噗哩喬裝改扮，大家還是一眼就可以看出他是一匹戰馬！」

「老實說，我也覺得這主意行不通。」噗哩噴著鼻息說，耳朵微微傾向後方。

「我也曉得，這並不是一個**非常**好的計畫，」昏昏說，「但我認為這是我們唯一的機會。況且，我們已經有好久沒梳理皮毛了，我們的外表已不再像以前那麼光鮮亮麗（至少我確定自己是如此）。我真的認為，只要我們在身上塗滿汙泥，走路時低著頭，裝出一副又累又懶的模樣——而且腳步放重一些，故意拖著腳走——大概就不會有人注意到我們。還有，我們的尾巴也得修短一點：不能剪得太整齊，你們懂吧，得把毛弄得參差不齊，活像狗啃的才行。」

「我親愛的夫人，」噗哩說，「妳難道沒想過，妳要是以**那副**德性踏入納尼亞王國，那會有多狼狽、多丟人嗎？」

「這個嘛，」昏昏謙遜地表示（她是一匹非常明理的母馬），「最重要的還是先到達那裡，其他再說吧。」

雖然大家都不太喜歡這種做法，但最後還是不得不採用昏昏的計畫。這個計畫執行起來相當麻煩，而且還牽涉到一種沙斯塔稱之為偷竊，而噗哩美其名為「突襲」的行動。今天晚上有個村莊掉了幾個袋子，明天又有另一個村莊失去了一捆繩索，但要給艾拉薇穿的破爛舊男孩衣服，還是得到村子裡花錢去買。沙斯塔在天黑時得意洋洋地抱著衣服凱旋而歸。他們途中必須穿越一連串林木叢生的低矮山丘，而其他人此時就躲在山腳下的樹林中等待沙斯塔。大家全都感到非常興奮，因為現在只要再越過一座山丘，就可以到達目的地；等他們一登上這座山丘的峰頂，就可以低頭俯瞰太息邦了。

「我真希望我們能安全通過那座城市。」沙斯塔輕聲跟昏昏說。

「喔，我也是，我也是。」昏昏熱烈附和。

那天晚上，他們沿著一條樵夫劈出的蜿蜒小徑，穿越樹林爬上山坡。他們一登上山頂，走出樹林，就清楚看到下方谷地中的萬家燈火。沙斯塔對於城市究竟是何模樣，完全沒有半點兒概念，而眼前的景象讓他不禁嚇了一跳。吃完晚餐後，兩個孩子睡了一會兒。但馬兒一大早就把他們叫醒。

星星依然高掛天空，草地又濕又冷，但在右邊遠處的大海盡頭，已開始露出一絲曙光。艾拉薇走到附近的樹林中，然後穿著一身破衣裳走出來，看起來有些怪模怪樣。她把原來的衣服塞進包裹，而這些衣物，和她的盔甲、盾牌、偃月彎刀、兩副鞍具，以及馬兒其他所有精美配備，全都裝進了袋子裡。噗哩和昏昏已盡可能把自己弄得十分邋遢骯髒，就只剩下尾巴還沒修短。由於唯一能用的工具就是艾拉薇的偃月彎刀，所以他們只好再重新打開袋子，把刀取出來。這件事做起來很費工夫，而且讓兩匹馬兒痛得半死。

「哎喲！」噗哩說，「我要不是一隻能言馬的話，我真恨不得朝你臉上狠狠踹上一腳！你應該是用刀去割，而不是像這樣胡拉亂扯。我覺得你簡直就是在用蠻力硬拔嘛。」

雖然四周光線昏暗，大家的手指又凍得發僵，最後總算把一切全都安排妥當：大袋子安安穩穩地捆在馬兒背上，用繩子胡亂綁成的克難韁繩緊緊握在孩子手中，他們又再度踏上旅程。

「大家別忘了，」噗哩說，「盡量待在一塊兒不要分開。要是不幸失散的話，就到古帝王墓那兒會合，先到的人一定要待在那兒，等所有人到齊再走，大家不見不散。」

「還有一點要特別注意，」沙斯塔說，「不管發生任何事，你們兩匹馬兒都千萬別急昏了頭，大刺刺地開口說話。」

4

沙斯塔巧遇納尼亞人

沙斯塔心裡很不好受，

他一直覺得這位年輕國王是一個非常好的大人，

他實在很想給國王留下一個好印象。

一開始，沙斯塔覺得下方的河谷只是一片灰濛濛的霧海，間或點綴著幾個突出的圓頂和尖塔，其他什麼也瞧不見，但隨著天色慢慢轉亮，霧氣漸漸消散，他就看得越來越清楚了。一條遼闊的大河分岔為兩道溪流，而被尊為世界奇觀之一的太息邦城，就矗立在溪流中間的島嶼上。島嶼邊緣環繞著一圈高聳的石牆，與河流的距離近得足以讓河水直接拍擊牆上的石頭，同時城牆上還有著許許多多的塔樓，沙斯塔才數了一會兒，就完全宣告放棄。城牆內的島嶼地形是一座聳立的山丘，從山腳下，直到山頂太洛帝宮殿與太息神龐大廟宇之間的每一吋土地上，全都擠滿了密密麻麻的建築物——呈梯田狀排列的連棟房屋、層層相疊的街道，以及兩旁林立著橘子樹和檸檬樹的蜿蜒巷道與寬闊階梯，另外還有屋頂花園、陽台、幽深的拱道、柱廊、教堂尖塔、城垛、清真寺尖塔，以及小塔樓。當太陽終於破海而出，而那貼著銀箔的巨大圓形屋頂，在陽光下發出燦爛的光芒時，他更是看得目眩神迷，完全呆住了。

「快走啊，沙斯塔。」一噗哩不停地在旁催促。

河谷兩邊的河岸，都有著大片大片的花園，乍看之下你會以為那是森林，但等走近一瞧，你就會看到樹叢下露出難以盡數的房舍白牆。再往前走一會兒，沙斯塔就聞到一股芬芳無比的花果香味。大約一刻鐘後，他們就走進花園，踏上一條兩旁排列著白牆的平坦道路，欣賞垂掛在牆外的青綠枝椏了。

「哎呀，」沙斯塔滿懷敬畏地嘆道，「這地方真是棒透了！」

「也許是吧，」噗哩說，「但我只希望我們能順利通過，從對面的城門走出去。走向納尼亞！走向北方！」

就在那一刻，他們聽到了一種低沉且微微顫動的聲音，這聲音逐漸升高，變得越來越響亮，最後甚至連整個河谷似乎都在隨之晃動。這其實是一種樂聲，但太過莊嚴霸氣，因此聽起來有些嚇人。

「那是宣告城門開啟的號角聲，」噗哩說，「我們馬上就要到了。艾拉薇，拜託妳別站得那麼挺好不好？腳步再放重一些，別擺出一副公主的尊貴派頭：試著去想像，妳是個可憐的小奴隸，這輩子過的一直都是被別人拳打腳踢、呼來喚去的苦日子。」

「你憑什麼說我呀，」艾拉薇說，「那你自己為什麼不把頭再垂低一點，脖子再彎下一些，別再擺出一副神氣活現的戰馬架式啊？」

「安靜，」噗哩說，「我們到了。」

他們到達了目的地。他們已走到河邊，前方出現一座有著許多拱門的橋梁。河面在清晨的陽光下盈滿了瀲灩波光；他們瞥見在右手邊靠近河口的地方，有著一根船桅。有些旅人已趕在他們前面踏上了橋，大部分都是鄉下人，不是手裡牽著滿載貨物的驢子或騾子，就是頭上頂著一個大籃子。孩子們和馬兒加入他們的隊伍。

「怎麼啦？」沙斯塔輕聲詢問艾拉薇，她的表情顯得十分奇怪。

「喔，你當然覺得沒什麼啦，」艾拉薇用蠻橫的語氣輕聲答道，「反正太息邦跟你本來就沒有任何關係嘛，我沒說錯吧？但我原本應該是坐在華麗的擔轎上，前有軍隊開道，後有奴隸追隨，風風光光地進城，說不定還會到太洛帝（願吾皇萬壽無疆）的宮殿去參加宴會哩——結果卻得像這樣偷偷摸摸地溜進來。我跟你才不一樣咧。」

沙斯塔覺得這種想法非常愚蠢無聊。

他們走到橋對面，看到眼前矗立著一座高聳的城牆，這座牆實在是太高了，以至於入口處那扇敞開的黃銅城門，實際上雖然相當寬闊，但看起來卻顯得十分狹窄。城門兩旁各有六名士兵，他們懶洋洋地靠在長矛上，顯得無精打采。艾拉薇忍不住心想：「他們要是知道我是誰家的女兒，肯定全都會跳起來立正站好，向我行禮致敬。」但其他人卻只是專心思索該怎樣順利通過城門，並暗暗祈禱士兵千萬不要上前盤問。幸好士兵並沒有問他們任何問題。但其中一名士兵順手從一個鄉下人的籃子裡抓起一根胡蘿蔔，呵呵怪笑地扔到沙斯塔身上，說：

「嘿！我說小馬僮啊！你主人要是發現，你居然用他的騎用馬來運貨，那你可有得受嘍。」

這下沙斯塔真的是嚇壞了，這表示任何對馬稍稍有些認識的人，都可以一眼就看出，噗哩絕對是一匹戰馬。

「我只是奉主人的命辦事，知道了吧！」沙斯塔說。其實他不吭聲還比較好些，因為那名士兵一聽之下，就往他臉頰上狠狠揍了一拳，差點就把他打倒在地，而且還連聲罵道：「這是給你一個教訓，你這個小髒鬼，讓你知道在跟自由公民說話的時候，語氣最好放尊重一點。」不過他們最後還是毫無阻攔地順利混進城裡。沙斯塔只輕輕哀號了幾聲，他早就習慣挨打了。

走進城門以後，他們不禁感到，太息邦好像沒有從遠處看時那麼華麗壯觀。他們踏上的第一條街道窄得要命，而且兩旁的住宅牆壁上幾乎看不到一個窗戶。這裡比沙斯塔想像中擁擠多了：除了剛才跟他們一起進城的鄉下人（他們正準備上市場趕集）之外，路上另外還有許許多多的小販、賣糖果蜜餞的攤販、挑夫、士兵、乞丐、衣衫襤褸的小孩、雞群、流浪狗，和赤著腳的奴隸。你若是也在那兒的話，那麼你會注意到的第一件事，就是一股難以形容的怪味，摻雜了人類體臭、野狗臊味、香水、大蒜、洋蔥，與街上一堆堆垃圾所發出的惡臭。

沙斯塔假裝在前面帶路，事實上只有噗哩知道該怎麼走，他們一路上全靠噗哩不停用鼻子輕輕頂沙斯塔一下，替大家指引方向。走沒多久，他們就轉向左方，開始爬上一座陡峭的山丘。這裡路邊有許多樹木，而且只有右邊有房子，感覺比剛才清爽舒服多了；另外一邊可以俯瞰下方的市容，眺望遠方的河流。接著他們就往右繞過一個U形急轉彎，繼續往上攀爬。他們沿著彎彎曲曲的道路，逐漸登上太息邦的市中心。過沒多久，他們就踏上了較為高級的街道。閃閃發亮的華麗柱基上，矗立著卡羅門王國英雄神祇——他們雖令人感到心生敬畏，但長相大多不怎麼討人喜歡——的巨大雕像。棕櫚樹與石柱林立的拱廊，在灼熱的鋪道上灑落下交錯的陰影。而沙斯塔透過路邊富麗豪宅的拱門望進去，瞥見了翠綠的枝椏、涼爽的噴泉，與柔滑的草坪。裡面一定漂亮極了，他心想。

沙斯塔每走到一個轉角，就暗暗祈禱他們能夠快點脫離人潮，但每次都希望落空。這使得他們的前進速度變得異常緩慢，而且每隔不久就得全部一起停下來。這通常是因為突然有個響亮的聲音高聲喊道：「迴避，迴避，迴避，大公駕到。」或「恭迎女大公」或「恭迎十五品大臣」，或是「恭迎大使」，群眾們只得慌慌張張地退到路邊，背貼著牆肅立不動；有時沙斯塔可以越過群眾的頭頂，看到那些引起騷動的高官或是貴婦，而他們總是慵懶地靠坐在擔轎上，由四名，甚至六名如巨人般高大的奴隸，用裸露的肩膀扛著他們往前走去。在太息邦唯一一條交通規則，就是身分較低的人，全都必須讓路給身分較高的人，讓他們先通過；要是膽敢不遵守規定的話，你就準備挨鞭子，或是被長矛柄痛打吧。

他們在走到靠近城市頂端的一條堂皇街道時（太洛帝的宮殿占據了整座山頂），遇到了最嚴重的交通堵塞。

「迴避！迴避！迴避！」有人喊道，「太洛帝（願吾皇萬壽無疆）的貴賓，白蠻國王駕到！恭迎納尼亞君王！」

沙斯塔想要快點閃開，連忙拉著噗哩往後退。但馬兒向來就不善於後退，連納尼亞王國的能言馬也不例外。而且沙斯塔背後的女人手裡捧了一個又尖又刺的籃子，她使勁用籃子推開他的肩膀，怒斥道：「喂！你擠個什麼勁兒呀？」接著又有另一個人從他身邊硬擠過去，在混亂中他一時失神，鬆開了噗哩的轠繩。接著，他背後的群眾顯然已經擠到了最極限，無法再挪動分毫，因此他根本就完全動不了了。他發現自己在無意間站到了人潮最前方，正好可以把那群沿著街道走過來的貴賓看得一清二楚。

這些人跟他們當天在城裡遇到的群眾大不相同。隊伍最前方那名正在大喊「迴避！」的傳令兵，是他們之中唯一的卡羅門人。而且他們也沒用擔轎；大家全都是自己走路。這支隊伍大約有六名男子，而沙斯塔過去從來沒看過像他們這樣的人。首先，他們的皮膚全都跟他自己一樣白皙，而且大多數人都有著一頭金髮。他們的穿著也跟卡羅門人很不一樣。大部分人都穿著長及膝蓋的短衫，露出雙腿。他們短衫的顏色十分鮮豔大膽，但也非常高雅耐看——鮮綠、豔黃、亮藍。他們頭上並未纏著頭巾，而是戴著鋼鐵或是銀製便帽，有些人的帽上鑲了珠寶，而且其中有個人的帽子兩邊還附上一對可愛的小翅膀。有些人頭上什麼也沒戴。他們佩在腰邊的寶劍又長又直，不像卡羅門的偃月彎刀那樣有個弧度。而且他們不像大多數卡羅門人一樣，老是擺出一副正經八百又神祕兮兮的嚴肅面孔，而是踏著活潑輕快的腳步，雙手和臂膀自然地垂下擺動，一路上開心地大聲談笑。其中有個人甚至在吹口哨。你可以看出，他們隨時樂意跟所有態度友善的人交朋友，至於那些態度惡劣的人呢，他們根本就懶得去搭理。沙斯塔覺得他這輩子從沒見過像他們這樣迷人的人物。

但他根本沒有時間好好欣賞，因為接下來就發生一件非常可怕的事。這群金髮男人的首領突然指著沙斯塔大叫：「他在那兒！我們的小逃犯在那兒！」並一把抓住他的肩頭。他摑了沙斯塔一個耳光——並不是那種會把人打哭的痛毆，而是清脆俐落的一掌，感覺比較像是在教訓不聽話的小孩，然後他用顫抖的聲音說：

「你真是可恥，閣下！可恥至極！蘇珊女王為你哭紅了眼。可惡！竟敢徹夜不歸！你究竟是到哪裡去了？」

沙斯塔要是能逮到機會的話，他就會趕緊閃到噗哩肚子下面，再設法混進人群裡去，但現在那些金髮男人全都走過來圍在他身邊，而且還有一個人緊抓著他不放。

他心裡想到的第一個念頭，自然就是趕緊表示自己只是窮漁夫厄西西的兒子，這位外國大官想必是認錯人了。但他接著就想到，他絕對不能在大庭廣眾之下，不打自招地供出他的真實身分和他到這裡來的目的。只要露出一點口風，他馬上就會受到盤問，逼他供出這匹馬兒到底是從哪兒弄來的，而艾拉薇又是什麼人——這樣他就休想順利通過太息邦了。接下來他的第二個念頭，就是轉頭向噗哩求援。但噗哩並不想讓在場所有人全都曉得他會說話，因此他只是愣頭愣腦地站著不動，看起來就跟普通馬兒一樣又呆又蠢。至於艾拉薇呢，沙斯塔甚至連看都不敢看她一眼，免得又引起更多的注意。而他還來不及多加思索，納尼亞人的首領就又立刻開口說：

「裴瑞丹，有勞你抓住這位閣下的一隻小手，我來抓另一隻手。好，可以走了。皇姊若是看到我們這個小無賴安全返回住處，必然就會放下心來。」

因此，他們穿越太息邦的旅途甚至還沒走到一半，原先的計畫就宣告失敗，而沙斯塔甚至沒機會跟其他夥伴說聲再見，就夾在一群陌生人中間被押著往前走，完全無法預料接下來會發生什麼事。納尼亞國王——沙斯塔可以從其他人跟他說話的態度看出，他必然是一位國王——不停地問他各種問題：他到哪裡去了？他是怎麼溜出去的？他的衣服是怎麼回事？難道他不曉得他這樣很頑皮嗎？只不過國王咬文嚼字地用「淘氣」這個字眼來代替頑皮。

沙斯塔悶不吭聲，因為他覺得不管他說什麼，後果都相當不妙。

「什麼！你打算沉默到底是吧？」國王說，「我必須坦白告訴你，王子，這種鬼祟的沉默習性，甚至比脫逃本身還要不可取。逃走還勉強稱得上是男孩子的嬉耍胡鬧，至少得需要一些勇氣。但亞成地國王的兒子應該要有點擔當，必須為自己的行為負責，而不是這樣畏畏縮縮，簡直就像是卡羅門的奴隸。」

沙斯塔心裡很不好受，他一直覺得這位年輕國王是一個非常好的大人，他實在很想給國王留下一個好印象。

這群陌生人帶著他——緊緊抓住他的雙手——踏上一條狹窄的街道，步下一列階梯，再爬上另一列階梯，走到一面白牆前，牆上有著一個寬闊的入口，兩邊各種了一株枝葉繁茂的高大柏樹。他們穿越拱門，沙斯塔發現自己踏入了一個像花園般的天井。花園中央有著一個大理石水池，噴泉飛濺的水珠使那清澈的水面，總是蕩著一圈又一圈的漣漪。水池周圍的平坦草坪上種了一圈橘子樹，草坪四周的白牆上爬滿了玫瑰藤。街道上的一切喧鬧、灰塵與擁擠，似乎在瞬間變得十分遙遠。他們帶著他快步越過花園，踏進一個黑暗的入口。傳令兵待在外面沒跟著走進去。他們帶領他沿著一條走廊往前走去，冰涼的石頭地面使他發燙的雙腳感到非常舒服，隨後他們又爬了一段樓梯。不久，他就踏入一個通風良好的明亮大房間，被光線眩得連連眨眼，這個房間有幾扇敞開的大窗戶，而且全都面向北方，不會有西曬的問題。地上鋪了一張色彩繽紛的地毯，他這輩子從來沒看過如此美麗的顏色，而他的雙腳深深陷入地毯中，感覺就像是踩在厚厚的青苔上一樣舒坦。牆邊環繞著一圈擺了許多墊子的矮沙發，房中似乎擠滿了人；其中有些人長得還真是奇怪咧，沙斯塔心想。但他還來不及多加思索，一位美麗得超乎他想像的女人就從座位上站起來，撲過來抱住他，親吻他，並說：

「喔，柯林，柯林，你怎能如此呢？你母親去世以後，你和我就一直是最親密的好朋友。若是我無法帶你一起返回家鄉，那我該如何向你的父王交代呢？這會使納尼亞與亞成地兩國長久以來的深厚友誼，遭到嚴重的考驗，甚至可能因此而引起戰爭。這真是淘氣，我的玩伴，你如此對待我們，實在是非常淘氣。」

「我曉得了，」沙斯塔暗自忖度，「他們是把我當作什麼亞成地的王子了，天曉得他現在人在哪裡。而這些人想必就是納尼亞人。怪了，真的柯林到底跑到哪兒去啦？」但他心裡雖然飛快地轉著念頭，但卻還是想不出該怎麼回答才好。

「你究竟到哪兒去了，柯林？」她的手仍按著沙斯塔的肩膀。

「我——我不曉得。」沙斯塔結結巴巴地答道。

「他就是這樣，蘇珊，」國王說，「我無法從他嘴裡套出任何話，不論真話假話他全都不說。」

「陛下！蘇珊女王！愛德蒙國王！」有人喊道，而當沙斯塔一轉過頭，看清說話的人時，他立刻嚇得跳了起來。因為那就是他剛才踏進房間時，用眼角瞥見的怪人之一。這個人跟沙斯塔差不多高。他的腰部以上是男人的模樣，但卻長了一雙毛茸茸的羊腿，而且他還有一對羊蹄和一根羊尾巴。他的皮膚紅咚咚的，留著一頭鬈髮和一把又尖又短的山羊鬍，頭上長了兩根小角。他其實是一個人羊，沙斯塔過去從來沒看過這種生物的畫像，甚至連聽都沒聽過哩。你若是讀過《獅子・女巫・魔衣櫥》這本書，或許會知道，這位就是蘇珊女王的妹妹露西，第一次踏入納尼亞王國，所遇見的那個名叫吐納思的人羊。但他現在年紀比那時老多了，因為此時彼得、蘇珊、愛德蒙和露西已在納尼亞執政多年了。

「陛下，」他說，「小殿下八成是中暑了。你們看看他！他整個人都呆呆的。他壓根兒就不曉得自己人在哪裡。」

這下大家自然不敢再責罵沙斯塔，或是繼續盤問他了，他們對他呵護備至，扶他躺到沙發上，在他頭下塞了一個墊子，給了他一杯用金杯盛裝的冰凍果子露，囑咐他靜靜躺著休息。

沙斯塔這輩子從來沒碰過這樣的情形。他連做夢都想不到自己可以躺在這麼舒服的沙發上，喝這麼美味的果子露。他心裡仍惦記著其他人的下落，擔心自己要用什麼方法才能逃出去，到古帝王墓去跟其他人會合，而要是真正的柯林出現的話，他又該怎麼辦？但現在他感到舒服得要命，因此這些煩惱似乎都顯得沒那麼急迫。而且，待會兒說不定還會有好東西吃哩！

在這個通風良好的涼爽房間中，有些非常有趣的人。除了人羊之外，還有兩名矮人（他以前從來沒看過這種生物），和一隻巨大無比的烏鴉。其他全都是人類；他們雖然都是成年人，但看起來年紀很輕，而且不論是男是女，全都長得比大多數卡羅門人漂亮，聲音也比較好聽。沙斯塔很快就被他們的談話內容勾起了興趣。

「現在告訴我，女士，」國王正在對蘇珊女王（也就是剛才親吻沙斯塔的那位小姐）說，「妳究竟意下如何？我們至今已在這個城市中待了整整三個星期。妳是否已決定下嫁這位黑膚情人羅八達王子？」

女士搖搖頭。「不，我的弟弟，」她說，「即使以太息邦所有的珠寶作為交換，我也不願委身下嫁。」（「嘿！」沙斯塔心想，「他們兩個雖然是國王和女王，但並不是夫妻，而是姊弟呢。」）

「說得好，我的姊姊，」國王說，「妳若是決心嫁他為妻，那麼我對妳的敬愛將會因此而減卻幾分。恕我直言，當太洛帝開始派大使到納尼亞要求聯姻，而稍後王子親自來到凱爾帕拉瓦宮作客時，我萬萬想不到，妳竟然會對他如此青睞有加。」

「我太愚蠢了，愛德蒙，」蘇珊女王說，「我請求你的諒解。然而，當初這位王子在納尼亞王國與我們相處時的情形，跟他此刻在太息邦的行事作風比起來，可說是前後判若兩人。你們大家都曾親眼目睹，他在我們的兄弟，彼得大帝為他所舉辦的競技賽和馬上長槍比武賽中，展現出令人讚嘆的精湛武功技藝，而他在與我們交往的七天之內，又表現得如何溫文儒雅又彬彬有禮。但到了此地，回到他自己的城市中，他卻露出了另一副面孔。」

「啊！」烏鴉嘎嘎叫道，「有句老話說得好：要了解一頭熊的真實狀況，就得到牠老窩裡去逛逛。」

「你說得實在太好了，黃腳丫，」一名矮人說，「另外還有一句老話是這麼說的：來吧，跟我同住一個窩，你就一定會了解我。」

「沒錯，」國王說，「我們現在已看清了他的真面目：他是一個傲慢自大、殘忍嗜殺、奢華放縱、冷酷無情，並且極端自戀的暴君。」

「我以亞斯藍的名字起誓，」蘇珊說，「我們必須在今天就離開太息邦。」

「這就是困難所在，皇姊，」愛德蒙說，「我現在必須向各位坦白說出，這兩天多來我所推斷出的想法。裴瑞丹，有勞你到門外去看看，是否有奸細在偷聽我們談話。沒問題是嗎？那就好。現在我們談的事必須嚴格保密。」

大家的表情開始變得非常凝重。蘇珊女王跳起來，奔到她的弟弟面前。

「哦，愛德蒙，」她喊道，「怎麼回事？你的表情變得好可怕啊！」

5
柯林王子

此刻這個男孩看起來跟誰都不像，

因為他有一隻眼睛被打得烏黑，嘴裡掉了一顆牙齒，

身上的衣服又破又髒，臉上到處都是汙泥和血跡……

「我親愛的姊姊，善良的女士，」愛德蒙國王說，「現在妳必須展現出妳的勇氣。坦白地告訴妳，我們目前的處境十分危險。」

「怎麼說，愛德蒙？」女王問道。

「這是因為，」愛德蒙說，「據我看來，我們要離開太息邦，顯然並不是那麼容易。此時王子還心存希望，以為妳會答應委身下嫁，因此他自然將我們奉為上賓。但我可以對獅子的鬃毛起誓，他一旦發現妳斷然拒絕求婚，我們就會立刻淪為階下囚。」

一名矮人輕輕吹了一聲口哨。

「我早就警告過兩位陛下，我早就警告過你們，」烏鴉黃腳丫說，「這就好比是鍋裡龍蝦的感嘆，真是進來容易出去難唷！」

「我今天早上跟王子碰過面，」愛德蒙繼續說下去，「他從小就是天之驕子，不習慣別人違背他的心意（這點相當令人遺憾）。妳遲遲不肯給他正面的答覆，令他十分不悅。今早他的態度變得非常強硬，要我告訴他妳究竟做何打算。我隨口說了些嘲弄女人善變天性的玩笑，輕描淡寫地帶過不提——同時也表示要他別抱太大希望——並暗示他的求婚很可能會遭到拒絕。他聽了大為震怒，神情變得非常危險嚇人。雖然他表面上仍相當客氣，但他說的每一句話都帶有威脅的意味。」

「沒錯，」吐納思說，「我昨天晚上跟首相一起吃晚餐的時候，情況也跟這差不多。他問我對太息邦的看法。而我（我總不能告訴他這兒的一切全都讓我看不順眼，我這個人向來就不說謊話）跟他說，現在當炎熱的仲夏即將來臨時，我心裡就會深深嚮往納尼亞涼爽的樹林與沾滿露珠的山坡。他聽了就陰沉沉地一笑說：『你大可再回到那兒去跳舞，沒人會攔著你，小羊腿；**只要替我們王子留下一位新娘作為交換，你隨時都可以離開。**』」

「你是說，他會強迫我做他的妻子？」蘇珊驚呼。

「我怕的就是這個，蘇珊，」愛德蒙說，「做他的妻子；或者更糟糕，做他的奴隸。」

「但他怎能如此？莫非太洛帝以為，我們的兄弟彼得大帝，會願意忍受這樣嚴重的侮辱嗎？」

「陛下，」裴瑞丹對國王說，「他們不會這樣大膽妄為。難道他們以為我們納尼亞王國就無人可戰了嗎？」

「唉，」愛德蒙說，「據我猜想，太洛帝根本就不把納尼亞放在眼裡。我們是小國寡民。而位於大帝國疆界邊的弱小鄰國，向來總是會被帝國君主視為心腹之患。他渴望能殲滅它們，併吞它們。當初在他低聲下氣讓王子到凱爾帕拉瓦宮向妳示愛時，皇姊，他其實可能是想故意引起事端，好名正言順地向我們宣戰。照我看來，他很可能是希望藉此一舉攻下納尼亞和亞成地兩個國家。」

「他有膽就來試試，」第二個矮人說，「打海戰我們絕對不會輸給他。而且他要是想從陸地向我們進攻，還得橫越一大片沙漠哩。」

「確實如此，我的朋友，」愛德蒙說，「但沙漠果真是萬無一失的安全屏障嗎？黃腳丫，你認為呢？」

「我對沙漠十分熟悉，」烏鴉說，「我年輕時常在沙漠上空任意翱翔，（沙斯塔一聽到這裡，就馬上豎起耳朵仔細傾聽。）這絕對是一道安全屏障；太洛帝若是經由廣大的綠洲前來進攻，那麼他永遠也無法率領大軍順利進入亞成地。這是因為，他們的軍隊雖然可以在一天之內抵達綠洲，但那裡的泉水絕對不足供所有的士兵和戰馬解渴。不過呢，還有另一條路線可走。」

這下沙斯塔聽得更專心了。

「他若是想找到這條路線，」烏鴉說，「就必須從『古帝王墓』出發，朝西北方往皮爾山的雙峰策馬前進。這樣大約走一天多的路程，就可以抵達一座石谷的入口，但這個入口十分狹窄，你就算在它附近來回走了一千次，也不會注意到它。況且，若是站在入口處俯瞰下方的山谷，就只能看到一片寸草不生，滴水無蹤的荒漠。但若是騎馬往山谷下方走去，就會看到一條河流，然後再沿著河流往前走，就可以直接到達亞成地了。」

「卡羅門人知道這條西方通道嗎？」女王問道。

「朋友，我的朋友們，」愛德蒙說，「我們談論這些究竟有何意義？我們目前所要探討的問題，並不是納尼亞和卡羅門兩國若是開始交戰，究竟哪一國可以獲得勝利，而是如何能在不損及女王聲譽，並保全我們所有人性命的情況下，安全離開這個險惡的城市。我們的兄弟彼得大帝，雖有一連擊敗太洛帝十多次的輝煌戰績，然而照目前的情勢看來，我們大概等不及他前來援助，就會不幸身首異處，而女王閣下也會被迫成為王子的妻子，甚至很有可能淪為他的奴隸。」

「我們可以挺身作戰啊，國王陛下，」第一個矮人說，「而且這棟房子的格局十分適於防守。」

「這麼說吧，」國王說，「我相信在場每一位，都會願意犧牲自己的性命來死守大門，敵人除非是踏著我們的屍體前進，否則休想傷到女王一根寒毛。但即便如此，我們也只不過是像甕中之鱉一般，做困獸之鬥罷了。」

「說得沒錯，」烏鴉嘎嘎叫道，「這種死守一棟房子，頑強抵抗敵人的事蹟，是可以造就出一些可歌可泣的故事，但可從來沒聽說過有什麼好下場的。敵人只要攻幾次攻不下，就會乾脆放火燒房子。」

「這全都是我的錯，」蘇珊忍不住哭了出來，「喔，我真希望我不曾離開凱爾帕拉瓦宮。在卡羅門大使踏入宮中的那一刻，我們的幸福生活就此宣告結束。那些臥底的奸細早已設下圈套……喔……喔。」她把臉埋進手裡嚶嚶啜泣。

「勇敢一點，蘇珊，妳要勇敢一點，」愛德蒙說，「別忘了——**你**怎麼啦，吐納思先生？」人羊忽然用手抓著頭上的兩隻角，擺出一副得靠雙手用力往上提，才有辦法把頭拎起來的怪相，同時身子還不停地扭來扭去，活像是肚子發疼似的。

「別跟我說話，先別跟我說話，」吐納思說，「我正在思考。我思考得都快要不能呼吸了。等等，等等，請你們等一會兒。」

大家全都一頭霧水地靜靜等待，過了一會兒，人羊抬起頭來，深深吸了一口氣，揩揩額上的汗水說：

「現在我們唯一的困難就是，要怎樣在不會遭人攔阻的情況下，讓大家——當然還得帶些生活必需用品——順利登上我們的船。」

「是呀，」一名矮人冷冷地說，「這好比是說，乞丐想要騎馬唯一的困難，就是他根本就沒有馬。」

「等等，等等，」吐納思先生不耐煩地說，「我們現在只要找個藉口，讓大家能夠在今天登上我們的船隻，再運些貨物到船上就行啦。」

「是的。」愛德蒙國王遲疑地說。

「我有個主意，」人羊說，「陛下何不對王子表示，說我們準備明晚在我們自己的西班牙大帆船『璀璨琉璃號』上，舉行一場盛大的宴會？而且這項邀請必須在不損及女王身分的情況下，盡量表示得非常親切熱絡，這樣可以讓王子懷抱一絲希望，以為她的態度已經軟化了。」

「這個建議實在棒透了，陛下。」烏鴉嘎嘎叫道。

「所以呢，」吐納思興奮地繼續說下去，「這樣我們就算整天待在船上，也不會有人感到懷疑，大家全都會以為，我們是在那兒準備宴客嘛。另外我們再派些人去市場，採買一大堆水果啦、蜜餞糖果啦、美酒飲料啦什麼的，把我們身上的每一分銀子全都花光，就好像我們真的要開宴會似的。還有，我們得去請一些魔術師啊、耍把戲的啊、跳舞的女孩啊和吹笛樂手等等，叫他們全都在明天晚上到船上來表演。」

「我懂了，我懂了。」愛德蒙國王搓著手說。

「然後呢，」吐納思說，「我們大家就全都在今晚上船。等天色一變黑——」

「就揚起船帆，放下船槳——！」國王說。

「航向大海去嘍。」吐納思喊道，他跳了起來，開心得翩翩起舞。

「一路朝北方出發。」第一個矮人說。

「溜回家去嘍！納尼亞萬歲！北方萬歲！」另一個矮人說。

「而王子第二天一大早醒來，就會發現煮熟的鴨子已經飛走了！」裴瑞丹拍著手說。

「喔，吐納思大爺，親愛的吐納思大爺，」女王說，她握住人羊的雙手，隨著他一起轉圈子跳舞，「你是我們大家的救命恩人。」

「王子一定會派人追趕我們。」另一位大臣說，沙斯塔不曉得他叫什麼名字。

「這我一點也不擔心，」愛德蒙說，「我觀察過河上的所有船舶，那裡既沒有高聳的戰船，也沒有快捷的平底帆船。我倒希望他來追我們試試看！因為『璀璨琉璃號』可以將所有在後方追趕的船隻全都擊沉——我看他們根本就追不上我們。」

「陛下，」烏鴉說，「我們就算坐下來連開七天大會，也沒辦法想出這麼好的計謀。好了，現在呢，咱們鳥類有句老話說得好：先得找到好窩，才能安心下蛋。這也就是說，我們大家必須先吃點東西，才有精神著手辦事。」

大家全都站了起來，打開大門，大臣與各種生物紛紛退到兩旁，讓國王和女王先走出去。沙斯塔不曉得自己該怎麼做，但接著吐納思先生就開口說：「躺著別動，小殿下，待會兒我會替你帶一份好吃的大餐過來。你躺著休息，等大家準備要上船的時候再起來就行了。」於是沙斯塔又重新躺到枕頭上，才一會兒，房中就只剩下他一個人。

「這實在太可怕了。」沙斯塔心想。他連做夢都不會想到要跟這些納尼亞人吐露實情，向他們求援。撫養他長大的厄西西是個嚴酷無情、愛好動粗的男人，他從小就在這名漁夫的淫威之下努力求生存，而這使他養成了一個根深柢固的習慣，他除非必要，否則什麼事都不會跟大人說：他心裡早就認定，你不論想做什麼，大人不是從中破壞，就是硬攔著你不讓你順心如意。同時沙斯塔也認為，就算這位納尼亞國王，有可能會對那兩匹馬兒相當友善，因為他們畢竟是納尼亞王國的能言獸，但艾拉薇是個卡羅門人，他必然會對她感到深惡痛絕，說不定還會把她賣掉做奴隸，或是直接把她送回她父親身邊。至於他自己呢，「**現在**打死我也不敢告訴他們我不是柯林王子，」沙斯塔心想，「我已經聽到了他們的機密，要是讓他們曉得，我跟他們不是一夥的，他們絕不會放我活著走出這扇大門。他們會擔心我出賣他們，去向太洛帝告密。他們會殺了我。要是真的柯林王子出現，一切全都真相大白的話，他們**一定**會殺了我滅口！」你可以看出，他對於心地高尚、行事光明磊落的自由人士作風，完全沒有半點概念。

「我該怎麼辦？我到底該怎麼辦？」他不停地自言自語，「我該——嘿，那個像羊的小生物又回來了。」

人羊手裡端著一個幾乎跟他一樣大的盤子，踏著舞步跑進房間。他把托盤放在沙斯塔沙發旁的一張嵌花桌上，再盤起他的兩條小羊腿，坐到地毯上。

「好了，小王子，」他說，「好好吃頓飯吧。這是你在太息邦吃的最後一餐了。」

這是一份卡羅門風味的精緻餐點。我不確定你會不會喜歡這種口味，但這非常合沙斯塔的胃口。盤子裡有龍蝦、沙拉、塞了杏仁和松露的沙鷸，和一道用雞肝、米、葡萄乾與堅果混煮的複雜菜色，還有清涼的甜瓜、醋栗和桑葚做成的甜點和所有能跟冰搭配食用的美味食物。另外還有一個小細口瓶，裡面裝滿一種叫做「白酒」，但其實是黃色的美酒。

在沙斯塔忙著吃東西的時候，那個親切的小人羊以為他中暑還沒全好，仍顯得有些呆頭呆腦，所以非常體貼地在一旁說話替他解悶，告訴他等大家全都平安返家之後，他的日子會過得多麼順心愉快；他慈祥的父親，亞成地的半月國王，和他那座位於山隘南邊山坡上的小城堡。「還有你可別忘了，」吐納思先生說，「你父王答應過你，在你下一次過生日的時候，就可以得到你的第一副盔甲和第一匹戰馬。那時候殿下就可以開始學習馬上刺擊和馬上長槍比武的技巧了。彼得大帝答應過你父王，要是你一切進行順利的話，只要再過個幾年，他就會親自冊封你為『凱爾帕拉瓦騎士』。而且在這之前，我們可以利用納尼亞和亞成地兩國之間的隘路，經常互相拜訪啊。你應該沒忘記，你答應過我，要在舉行夏日慶典時，來跟我住上整整一個禮拜吧，我們會在森林裡放烽火，人羊和樹精徹夜不眠地跳舞，還有，誰知道呢？——我們說不定還可以見到亞斯藍哩！」

沙斯塔吃完之後，人羊吩咐他再多休息一會兒。「反正小睡一下，對你也沒什麼壞處，」他再補上一句，「我會早點叫你起床，讓你有充分的時間準備上船。然後我們就可以回家去了。回到納尼亞！回到北方！」

沙斯塔這一餐吃得非常愉快，而吐納思告訴他的一切，也令他非常嚮往，因此當房間又剩下他一個人時，他的想法已完全改變了。他現在只希望那個真的柯林王子，千萬不要在最後一刻突然出現，這樣他就可以跟他們一起搭船返回納尼亞了。他此刻完全沒有考慮到，那個真的柯林若是被獨自留在太息邦，會面臨到什麼樣的處境。不過呢，他倒有些擔心在墳墓那兒等待他的艾拉薇和噗哩。但接著他就告訴自己：「算了，這我有什麼辦法？」和「管他的，反正艾拉薇自以為了不起，覺得我根本不配跟她一起走，那就乾脆讓她一個人走好了。」同時他也忍不住感到，坐船前往納尼亞，實在比苦哈哈地橫越沙漠要輕鬆多了。

當他在思索這一切時，出現了一種非常正常的反應，你若是像他一樣，一大早就爬下床，辛辛苦苦走了一大段路，經歷許許多多驚險刺激的事情，然後又吃了一頓非常豐盛美味的大餐，現在待在一個涼爽的房間裡，舒舒服服地躺在沙發上，四周靜悄悄的，只聽得到一隻蜜蜂從敞開的大窗口飛進來的嗡嗡聲響，那麼你同樣也會有跟他一樣的反應。他不知不覺地睡著了。

他被一聲響亮的碰撞聲吵醒。他從沙發上跳起來，瞪大眼睛打量四周。他只往房中——此時室內的光線和陰影全都變得不同了——瞥了一眼，就立刻看出他想必已經睡了好幾個鐘頭。他同時也看到了碰撞聲的來源：一個原本放在窗台上的昂貴瓷瓶，現在已掉到了地上碎成三十片左右。但這一切幾乎完全沒引起他的注意。他只注意到，有兩隻手從窗外伸進來，攀住了窗台。這雙手越抓越緊（指關節變得越來越白），接著就從窗下冒出了半個人影。過了一會兒，就有一個年紀跟沙斯塔差不多大的男孩，將一條腿伸進室內，跨坐在窗台上。

沙斯塔從來沒在鏡中看過自己的面孔。但就算他曾經看過，他或許也看不出那個跨在窗台上的男孩，幾乎（在平常的情況下）跟他自己長得一模一樣。但此刻這個男孩看起來跟誰都不像，因為他有一隻眼睛被打得烏黑，嘴裡掉了一顆牙齒，身上的衣服（他剛穿上時想必十分華麗出色）又破又髒，臉上到處都是汙泥和血跡。

「你是誰？」男孩悄聲問道。

「你是柯林王子嗎？」沙斯塔說。

「當然是啦，」另一個男孩說，「你到底是誰呀？」

「我誰也不是，我的意思是，我只是個無名小卒，」沙斯塔說，「愛德蒙國王在街上看到我，把我當成是你。我想我們兩個應該長得很像。你——我可以從你溜進來的路逃出去嗎？」

「要是你會爬牆的話，」柯林說，「但你幹嘛急著要走呢？我是說：大家全都把我們兩個認錯，所以我們何不利用這種情況，好好找些樂子呢？這樣好玩得很咧。」

「不行，不行，」沙斯塔說，「我們得馬上換過來。要是吐納思先生回到這裡，同時看到我們兩個人的話，那我不就完了。我剛才不得不冒充是你。你今天晚上就要出發回家了——而且得偷偷溜走。你這段時間到底跑到哪兒去了？」

「街上有個男孩嘴巴不乾不淨，拿蘇珊女王打趣，開了個下流的玩笑，」柯林王子說，「所以我出拳把他打倒。他哭著跑進一棟房子裡，叫他哥哥出來替他報仇。於是我又出拳把他哥哥打倒。接下來他們就一路跟著我不放，然後我們撞見了三個手裡握著長矛，自稱為『警備隊』的老男人。於是我又跟『警備隊』打了起來，這次卻變成我被他們打倒了。這時天色已經開始轉黑。他們押著我往前走，準備把我關到某個地方。我問他們想不想喝一大杯酒解解渴，他們答說有酒喝自然不會客氣。所以我就把他們帶到一家酒店，買了些酒給他們喝，他們全都坐下來開懷暢飲，直喝到不省人事。我終於等到了開溜的機會，我悄悄溜走，發現我碰到的第一個男孩——也就是那個給我惹來這麼多麻煩的罪魁禍首——仍然在街上遊蕩。所以我又揍了他一頓。然後我就沿著水管爬到一棟房子的屋頂上，躺在那兒休息到今天早上。天一亮我就開始找路回來。哎呀，這兒有沒有什麼可以喝的？」

「沒有，被我喝光了，」沙斯塔說，「好了，快告訴我你是怎麼溜進來的。現在已經沒時間了。你最好趕快躺到沙發上，假裝——喔，我忘了。你渾身都是瘀青，還有一隻眼睛被打黑，這樣再怎麼裝也沒用。所以呢，等我安全離開以後，我看你只好乖乖跟他們說實話。」

「要不然你以為我會怎麼說？」王子帶著生氣的表情問道，「你到底是什麼人？」

「沒時間了，」沙斯塔氣急敗壞地悄聲說，「我相信我自己是一個納尼亞人；至少應該是來自北方的國家。但我從小就生活在卡羅門國，由當地人撫養長大。我現在正在逃亡：我想越過沙漠；跟一隻叫做『噗哩』的能言馬一起逃走。現在拜託你快一點！我到底要怎麼逃走啊？」

「你聽好，」柯林說，「從這個窗口，跳到下面那個陽台的屋頂上。但你得踮起腳來盡量放輕腳步，免得被人聽見。然後你再往左邊走一會兒，你要是會爬牆的話，就可以爬到那座牆上。接著再沿著牆走到角落。在那兒你會看到牆外有堆垃圾，你只要跳到垃圾堆上，就可以成功逃出去啦。」

「謝了。」沙斯塔說，他立刻跨坐到窗台上。兩個男孩互相注視對方的面龐，而兩人都赫然發現，他們已在不知不覺間變成了朋友。

「再會了，」柯林說，「祝你**好運**。我真的很希望你能順利逃走。」

「再會了，」沙斯塔說，「對了，你昨晚的冒險還真是精采刺激哩！」

「跟你一比就差多嘍，」王子說，「現在快跳吧，輕一點——對了，」他在沙斯塔跳下去時又匆匆補上一句，「希望到了亞成地以後，我們還能再碰面。去找我的父親半月國王，跟他說你是我的朋友。小心點！我聽到有人走過來了。」

6
沙斯塔踏入墓地

沙斯塔不得不轉過身來，

背對著墓地〈他實在不太願意這麼做〉，

越過平坦的沙地眺望遠方。狂野的叫聲又再度響起。

沙斯塔踮起腳尖，沿著屋頂輕輕往前跑。他赤裸的雙腳，被灼熱的屋頂燙得發疼。他只花了幾秒鐘，就輕輕鬆鬆地爬上了屋頂盡頭處的高牆，他沿著牆走到角落，往下一瞧，看到一條臭烘烘的窄巷，而牆外果真就像柯林所說的一樣，有著一大堆垃圾。在他跳下去之前，先匆匆往四周瞥了一眼，好確認目前所在的位置。他現在顯然已越過太息邦這座島丘的峰頂。放眼望去，眼前全是一片往下的斜坡，一片又一片平坦的屋頂堆疊而下，一路通往北邊城牆上的塔樓與城垛。城牆外是河流，河對岸有一道花園密布的矮坡。但在花園之外，出現了一幅他這輩子從未見過的景象——一大片有如平靜海洋般，綿延長達數哩的黃灰色大地。在這片荒漠的盡頭，矗立著某種青色的龐然巨物，看起來像是一堆堆石塊，但卻有著鋒銳的尖頂，其中有些峰頂上還戴著白帽。「沙漠！山！」沙斯塔心想。

他跳到垃圾堆上，開始用最快的速度，沿著窄巷往下坡路跑去，過沒多久，就踏入一條行人較多的寬闊街道。像他這樣一個打著赤腳，穿著破衣，急匆匆往前奔跑的小男孩，街上的人根本懶得多看他一眼。但他一路上還是提心吊膽，緊張得要命，最後他終於繞過一個轉角，看到城門出現在他眼前。他在這兒老是被人推過來撞過去，因為此時有許多人同樣也準備要出城；一踏上城門外的橋梁，大家就自動排成緩慢的行進隊伍，看起來不再像是擁擠的人潮，反倒像是一條長龍了。在經過太息邦的惡臭高溫與煩鬧喧囂之後，站在兩旁有著清澈流水的橋梁上，令人感到格外地神清氣爽，渾身舒暢。

沙斯塔一走到橋對岸，就發現四周的人潮迅速散去：大家似乎全都是沿著河岸分別往兩邊走。但沙斯塔卻直接往前走去，踏上一條看來人跡罕至的花園小徑。他只往前走了幾步，周遭就只剩下他孤零零一個人，再多走幾步，他就登上了坡頂。他站在那兒凝視前方。彷彿來到了世界的盡頭，因為碧綠的青草在他前方數呎處忽然硬生生地截斷，轉變成一片沙漠：一望無際的平坦黃沙，看起來跟海灘上的沙十分相像，但由於從未受到海水浸染，質地顯得更粗糙一些。山巒隱隱浮現在眼前，看來比先前更加遙遠。他往左邊大約走了五分鐘左右，才終於看到噗哩形容的墓地景象，他不禁大大鬆了一口氣；一座座形狀像是大蜂窩的石像，但比蜂窩稍稍狹長一些。它們此刻在背後夕陽的襯托之下，顯得十分黯淡陰森。

他轉向西方，快步朝墓地跑去。他忍不住凝神搜尋朋友的身影，但他的臉正好對著落日，所以幾乎什麼也看不清。「沒關係，」他心想，「反正他們一定會繞到最遠那座墳墓背面，要是呆呆站在正面的話，很容易就會被城裡的人發現。」

這裡大約有十二座墳墓，每一座都有著一個低矮的拱形洞口，洞中漆黑一片。它們排列的方式漫無章法，因此你必須花上一段很長的時間，在墓地中穿過來繞過去，才能真的確定你已經把每座墳墓的每個角落，全都仔仔細細地檢查過一遍。這就是沙斯塔現在必須費神去做的事。但那兒連一個人也沒有。

沙漠的邊緣一片死寂，太陽也已經完全沉沒。

他身後某處突然響起一陣駭人的聲響。沙斯塔的心猛然一跳，他連忙咬住舌頭，才不至於尖叫出聲。在下一刻他就明白過來：這是太息邦宣告關閉城門的號角聲。「你真是個愚蠢的膽小鬼，」沙斯塔自言自語，「幹嘛呀，這跟你今天早上聽到的聲音完全一樣嘛。」但就算是同樣的聲音，跟朋友一起在明亮的清晨聽到號聲得以進城的心情，跟一個人獨自在灰暗的黃昏聽到號聲關你在城外的感覺，根本是天壤之別。現在城門已經關閉，他曉得其他人已不可能在今晚到這兒來跟他會合了。「他們要不是晚上被關在太息邦裡出不來，」沙斯塔說，「就是扔下我先走了。艾拉薇就是會做這樣的事。但噗哩不會呀。喔，他絕不會拋下我不管的——會嗎？」

沙斯塔對於艾拉薇的看法又再度宣告錯誤。她的確是很驕傲，有時也是十分刁蠻難纏，但她其實是個忠實可靠的人，不論她是否喜歡她的同伴，她都絕不會拋下他不管。

現在沙斯塔已確定今晚得一個人在這兒過夜（天色越來越黑了），他開始覺得這地方讓他越看越不順眼。那些巨大沉默的石像，令人感到十分陰森不祥。他在這整段漫長的時間中，一直努力逼自己別去想什麼惡靈作祟的問題。但他現在再也撐不下去了。

「哇！哇！救命呀！」他突然放聲大喊，因為就在那一刻，他忽然感到有某個東西在碰他的腿。我想若是有人神不知鬼不覺地偷偷挨到你背後，突然碰你一下，不管是誰都會忍不住嚇得大叫；何況沙斯塔又是在這樣的地方，這樣的時間遇到這種情形，而且他心裡早就怕得要死。沙斯塔嚇得渾身僵住，想跑也跑不了。但不管怎樣，這總比在古代帝王的墓地中，被某個你根本不敢回頭去看的東西，追得到處團團亂轉要好些。他不僅沒跑，反倒做了一個在此種情況下最明智的舉動。他回過頭來；立刻鬆了一口氣，高興得心臟幾乎都快要爆炸了。剛才碰他腳的東西，只不過是一隻貓罷了。

此刻周遭的光線十分黯淡，沙斯塔看不清那隻貓兒的模樣，只能看出牠的體型龐大，神態十分莊重安詳。牠似乎已獨自在墓地中度過非常漫長的歲月。牠的眼神令人不禁感到，牠彷彿知曉許多牠所不願透露的祕密。

「咪咪，咪咪，」沙斯塔說，「你該不會是一隻**能言**貓吧？」

那隻貓凝視他的眼神，變得比先前更加專注。然後牠開始慢慢走開，而沙斯塔自然跟了過去。牠帶領他穿越墓地，走到另一邊的沙漠邊緣。牠端坐在地上，尾巴繞過來盤在腿邊，面孔望向沙漠，正對著納尼亞和北邊的方向，牠一動也不動地坐在那兒，似乎是在提防敵人忽然出現似的。沙斯塔也躺下來，背貼著貓兒的身軀，面孔朝向墓地，因為當你心裡感到緊張，需要尋求慰藉的時候，最好的做法就是面朝著危險的來源，背貼著某種溫熱結實、令你感到心安的東西。你或許會覺得沙地不太舒服，但沙斯塔到目前為止，已在地上睡了好幾個禮拜，所以幾乎完全沒察覺到沙地有多粗多硬。他很快就睡著了，但即使是在夢中，他仍在惦記著噗哩、艾拉薇和昏昏，揣測他們到底是出了什麼事。

他突然被一種從來沒聽過的聲音嚇醒。「說不定只是在做惡夢啦。」沙斯塔告訴自己。但他同時也注意到，貓兒此刻已不再緊貼著他的背，他心裡暗暗祈禱，希望牠千萬不要離開。但他仍然靜靜躺在地上，甚至連眼睛都沒張開，因為他十分確定，他要是坐起來，環顧周遭的墓地和荒涼的景象的話，必然會感到更加害怕：這就跟你我有時候會用衣服蒙住頭，硬躺著不肯起來，是同樣的道理。但接著聲音又再度響起——從他背後的沙漠傳來一陣尖銳刺耳的吠叫聲。這下他自然沒辦法再假裝沒事，只好張開眼睛坐了起來。

月光十分皎潔明亮。墳墓——甚至比他想像中更加龐大，更加接近——在月光下顯得灰撲撲的。事實上，那些墳墓看起來就像是一個個披著連帽灰袍，把頭臉全都蓋住的高大人影。當你在一個陌生的地方獨自過夜時，旁邊有這樣的東西，自然會令你感到不太舒服。但吠叫聲是從另一邊，也就是沙漠那兒傳過來的。沙斯塔不得不轉過身來，背對著墓地（他實在不太願意這麼做），越過平坦的沙地眺望遠方。狂野的叫聲又再度響起。

「希望不是又有獅子出現了。」沙斯塔心想。這聲音跟他在遇到昏昏和艾拉薇那晚所聽到的獅吼不太一樣，因為這其實是胡狼的叫聲。但沙斯塔自然無法分辨兩者的不同。但話說回來，就算他曉得那是胡狼，他也不會感到比較放心。叫聲此起彼落地不斷響起。「不管那是什麼怪物，看來顯然不只一隻，」沙斯塔心想，「牠們越來越近了。」

在我看來，沙斯塔要是夠明智的話，他就應該掉過頭來穿越墓地，走到附近有住家的河邊，這樣野獸就比較不可能會跟過來。可是墓地裡有（至少他相信有）惡靈作祟。要穿越墓地，就表示他得經過那些黑漆漆的墳墓洞口；天曉得那兒會跑出什麼樣的怪物？他這麼想或許很蠢，但沙斯塔現在十分確定，他寧可冒險去面對野獸，也不要被厲鬼纏上。但隨著吼叫聲越來越接近，他的心意也不禁開始動搖。

就在他準備轉身逃跑時，突然有一頭巨獸跳了出來，擋在他跟沙漠之間。此時月亮正好位於巨獸背後，沙斯塔只看到一團模糊的黑影，根本看不出那是什麼動物，唯一能確定的是牠有一個毛茸茸的大頭，而且是用四隻腳走路罷了。牠似乎根本沒注意到沙斯塔，因為牠忽地收住腳步，轉頭望著沙漠，發出一聲驚天動地的怒吼。吼聲在墓地中轟隆隆地迴盪，似乎連沙斯塔腳下的沙地也為之撼動。遠方的獸吼聲戛然而止，沙斯塔隱約聽到了一陣倉皇逃竄的腳步聲。然後那頭巨獸轉過頭來，盯著沙斯塔。

「這是獅子，我知道這一定是獅子，」沙斯塔心想，「這下我死定了。不知道被咬死會不會很痛？我希望能死得痛快。不曉得人死了以後會碰到什麼事？噢－噢－喔！牠來了！」他連忙咬緊牙根，閉目等死。

但他並沒有遭受到尖牙利爪的攻擊，反而感到某個溫熱的東西躺到了他的腳邊。他一張開眼睛，就忍不住說：「哎呀，牠沒我想像中那麼大嘛。我看根本還不到一半大。不對，甚至連四分之一都不到哩。我確定這只是一隻貓咪!!剛才一定是在做惡夢，才會把牠想成跟馬兒差不多大。」

不論他剛才是否真的是在做夢，現在躺在他腳邊，用那對專注的綠色大眼睛盯得他發窘的生物，的確是一隻貓，但牠顯然是他這輩子見過最大的一隻貓兒。

「喔，咪咪，」沙斯塔喘著氣說，「我真高興能再看到你。我剛才做了一個好可怕的夢喔。」他就像剛才睡覺時那樣，再度背貼著貓躺到地上。牠溫熱的身軀讓他全身都感到暖洋洋的。

「我以後絕對不會再去欺負貓了，」沙斯塔半是告訴貓咪，半是自言自語，「我以前做錯了一件事。我拿石頭去丟一隻餓得半死、渾身髒兮兮的老流浪貓。嘿！住手。」因為貓剛才轉過頭來，抓了他一下，「不要這樣，」沙斯塔說，「好像我說的話你全聽得懂似的。」然後他就睡著了。

在第二天早上醒來時，貓已經離開了，太陽高掛天空，地上的沙熱得燙腳。沙斯塔口渴得要命，坐起來揉了揉眼睛。沙漠在陽光下顯得亮白刺眼，他身後的城市雖傳來陣陣微弱的喧鬧聲，但這裡卻是一片死寂。他的目光正對著太陽，於是他把臉稍稍轉向左邊，面向西方，而他看到沙漠另一邊的山脈清晰地矗立在眼前，彷彿只要走幾步路就可以到達似的。一座有著兩個峰頂的青色山崗吸引了他的注意力，而他知道那一定就是皮爾山。「照烏鴉的說法，那兒就是我們該走的方向，」他心想，「所以我最好先來做個記號，這樣等其他人到齊的時候，我們就不用再多浪費時間找路了。」他用腳在沙地上深深畫了一條指向皮爾山的直線。

接下來他得做的另一件事，自然就是先去找點兒吃的喝的。沙斯塔急匆匆地穿越墓地——那些墳墓現在看起來還滿正常的，他實在搞不懂自己昨晚怎麼會那麼害怕——跑到河邊有栽培農作物的地方。那兒有些人，但人數並不多，因為現在城門已經開了好幾個鐘頭，清早的人潮早都已經進城去了。因此他輕而易舉地在此展開一場（噗哩所謂的）「突襲行動」。這表示他得爬牆潛入一座花園，而他所得的戰果是三個橘子，一個甜瓜，一、兩個無花果和一個石榴。然後他走到河邊，刻意跟橋保持一段距離，痛快暢飲了一番。河水是如此涼爽清冽，他忍不住脫下他那又熱又髒的衣服，跳到水裡泡了個澡；沙斯塔從小就在海邊長大，因此幾乎在他剛學會走路時，就已經會游泳了。他泡完澡之後，躺在草地上，望著河對岸的太息邦——欣賞它那富麗堂皇、氣勢恢弘、華美燦爛的繁華風姿。但那同時也讓他記起這個城市險惡的一面。他突然想到，其他人說不定已經在他泡澡的時候到達墓地，（「而且恐怕已經拋下我離開了。」）他嚇得立刻穿上衣服，用最快的速度衝回去，當他返回墓地時，他已經跑得汗流浹背，嘴裡又乾又渴，剛才的澡等於白洗了。

就像你獨自等待時的情形一樣，這一天對沙斯塔來說，似乎就像一百個鐘頭那麼漫長難挨。他自然有許多事情需要思索，但光只是呆坐在那兒乾想，實在是挺無聊的。他常常想到那些納尼亞人，特別是柯林。他不曉得等他們發現，那個躺在沙發上，聽到他們所有祕密計畫的男孩，其實並不是柯林時，他們會有什麼樣的反應。他只要一想到，自己會被那些善良的人當成叛徒，心裡就感到很不是滋味。

但是當太陽慢慢爬到高空，然後又開始緩緩沉向西方，但卻完全沒人出現，也不曾有任何事情發生時，他開始感到越來越慌了。他直到現在才發現，他們雖約好在墓地會合，但並沒有人提到究竟該「等多久」。他總不能在這兒等一輩子吧！天很快就要黑了，而他又得像昨晚一樣，獨自在這裡過夜。他腦袋裡迅速想出了十來個計畫，但卻全都漏洞百出，而他最後決定採用其中最糟糕的一個計畫。他準備一等到天黑，就溜回河邊，盡量多偷一些甜瓜帶在身邊，按照他早上在沙地上畫出的方向，獨自朝皮爾山出發。這是個瘋狂的念頭，而他若是像你一樣，讀過許多關於沙漠之旅的書籍，那他連做夢都不會想到要冒這種險。但沙斯塔偏偏連一本書都沒看過。

在太陽沉沒之前，某件事發生了。沙斯塔那時正坐在一座墳墓的陰影下發愣，不經意地抬起頭來，赫然看到有兩匹馬兒正朝他走過來。他的心情猛然一振，因為他立刻認出那是噗哩和昏昏。但在下一刻，他的心情就又落到了谷底。他沒看到艾拉薇。牽馬的人是一個陌生男子，他身上帶著武器，穿的衣服相當體面，看起來像是某個上流家庭的高級奴隸。噗哩和昏昏已不再是運貨馬兒的邋遢模樣，而是披掛著全套精美的馬鞍轠繩。這到底是什麼意思？「這是個圈套，」沙斯塔心想，「有人抓到了艾拉薇，說不定他們對她用刑，所以她全都招了。他們希望我立刻跳起來，跑過去跟噗哩說話，這樣他們就可以把我也逮到！但我要是躲起來不出去的話，我很可能就再也沒機會跟其他夥伴會合了。喔，我真希望能曉得這到底是怎麼回事。」他悄悄躲到墳墓後面，每隔幾分鐘就把頭探出來張望，心裡不斷盤算該怎麼做才不會遇到危險。

7
艾拉薇在太息邦

最後走進房中的是一個身材瘦小，
又乾又皺的駝背老男人，艾拉薇一看到他，
就忍不住打了個哆嗦，她一眼就認出……

事情是這樣的：當艾拉薇看到沙斯塔被納尼亞人匆匆帶走，只剩下她跟兩匹連一句話都不肯說（這其實非常明智）的馬兒待在一起時，她依然保持鎮定，完全不曾慌了手腳。她趕忙抓住噗哩的轡繩，穩住腳步，抓好兩匹馬。雖然她的心像打鼓似地怦怦狂跳，但臉上卻沒露出一絲驚慌的神情。等納尼亞的王公大臣們經過之後，她試著繼續往前走。但她還來不急踏出一步，就又聽到另一名傳令兵（「這些人真討厭死了。」艾拉薇心想）高聲喊道：「迴避，迴避，迴避！恭迎雷莎琳女大公！」才一會兒，就有四名全副武裝的奴隸跟在傳令兵後面走過來，接著又出現四名扛著一架擔轎的挑夫，這座擔轎有著迎風飄揚的綢幕，綴著叮噹輕響的銀鈴，香氣馥郁得讓整條街都充滿了香水與花朵的芳香。擔轎之後是服飾華美的女奴隸，後面還跟了幾名馬夫、聽差、僮僕等雜役。而艾拉薇就在此時犯下她的第一個錯誤。

她跟這位雷莎琳女大公還滿熟的——熟得就像同班同學一樣——因她們過去常到同一個家庭作客，也經常參加同樣的宴會。艾拉薇忍不住抬起頭來，想看看雷莎琳在嫁給權貴人士之後，是不是變得不一樣了。

這是個致命的錯誤。兩個女孩視線相接。雷莎琳立刻從擔轎上坐了起來，扯開喉嚨哇啦哇啦大喊：

「艾拉薇！妳怎麼會在這兒？妳父親——」

現在沒時間再猶豫了。艾拉薇當機立斷地放開兩匹馬兒，一把抓住擔轎邊緣，爬上去坐在雷莎琳身邊，附在她耳邊輕聲怒斥。

「閉嘴！聽到了沒？快給我閉嘴。妳得把我藏起來，吩咐妳的手下——」

「可是，親愛的——」雷莎琳還是用她的大嗓門喊道。（她完全不介意別人的目光，事實上，她恨不得越多人看她越好。）

「快照我的話去做，要不然我就永遠都不理妳了，」艾拉薇嘶聲說，「拜託，拜託妳快一點好不好，小琳。這件事非常重要。叫妳的手下去把那兩匹馬兒牽過來。把擔轎的帷幕全都拉上，趕緊把我帶到不會被人發現的地方。求求妳**快一點**。」

「好啦，親愛的，」雷莎琳用她慵懶的嗓音答道，「聽著。派兩個人去把女大公的馬兒帶過來。（這句話是對奴隸說的。）現在我們回家去吧。哎呀呀，親愛的，妳覺得在這種天氣把帷幕拉上好嗎？我的意思是——」

但艾拉薇自己動手把帷幕全都拉上了，現在她和雷莎琳兩人就好像是被關在一個豪華氣派、香氣濃郁，但卻十分悶熱的帳篷裡面。

「我絕對不能被人看到，」她說，「我父親不曉得我在這兒。我逃家了。」

「我的好姊妹呀，這真是恐怖死了，」雷莎琳說，「我好想趕快聽到是怎麼回事唷。親愛的，妳坐到我的衣服了。這妳不會介意吧？好多啦。這可是件新衣裳呢。我是在——」

「喔，小琳，拜託妳正經一點，」艾拉薇說，「我父親在哪兒？」

「咦，妳不曉得嗎？」雷莎琳說，「他當然就在這兒呀。他昨天到城裡來，到處探聽妳的消息。妳想想看，妳和我兩個就大刺刺地坐在這兒，他卻傻愣愣的什麼也不知道！哇，我從來沒碰過這麼好玩的事耶。」說完她就開始咯咯笑了起來。艾拉薇現在才想起來，她向來就是個超級愛傻笑的煩人精。

「這可不是好玩的事，」艾拉薇說，「妳嚴肅一點好不好？妳到底要把我藏到哪兒去？」

「這包在我身上啦，我的好姊妹，」雷莎琳說，「我要帶妳回家。我丈夫出門了，所以妳不會被發現的。討厭啦！把帷幕拉上實在不太好玩。我就是喜歡看人啦！我穿了件新衣服，結果卻像這樣被關在裡面，這簡直就是錦衣夜行嘛。」

「希望妳剛才朝我大吼大叫的時候，沒被人聽見。」艾拉薇說。

「不會，不會，不會的啦，親愛的，」雷莎琳心不在焉地說，「可是妳還沒跟我說，妳覺得這件新衣服到底好不好看嘛？」

「另外還有一件事，」艾拉薇說，「妳得吩咐妳的手下，他們對那兩匹馬兒的態度，一定要非常恭敬。那可是祕密。他們其實是來自納尼亞王國的能言馬。」

「太炫了！」雷莎琳說，「真的好刺激唷！對了，親愛的，妳有沒有看到納尼亞的蠻族女王啊？她現在在太息邦作客。大家都說羅八達王子愛她愛得要死。這兩個禮拜舉行了好多場非常棒的宴會，還有什麼狩獵會之類的盛大活動。我自己是看不出她有什麼漂亮的。不過有些納尼亞**男人**，還真是迷死人不償命哩。我大前天去參加一場河邊宴會，我是穿那件——」

「要怎樣才能避免妳的手下走漏風聲，不讓他們透露妳家來了一個奇怪的訪客——而且還穿得像個小乞丐？這種消息很容易就會傳到我父親耳中。」

「好了啦，拜託妳不要這麼大驚小怪，這樣才乖嘛，」雷莎琳說，「我們馬上就會找幾件像樣的衣服給妳穿的。我們到了！」

扛擔轎的奴隸已停下來，將擔轎放到地上。艾拉薇拉開帷幕，發現她來到了一個天井花園，這裡跟沙斯塔在幾分鐘之前，在城市另一邊所踏入的天井花園十分相像。雷莎琳原本想要立刻踏進屋裡去，但艾拉薇慌忙輕聲提醒她，叫她趕緊吩咐她的奴隸，絕對不能告訴任何人，他們女主人有個奇怪的訪各。

「對不起，親愛的，我把這件事給忘啦。」雷莎琳說，「你們大家給我聽好。門房，你也給我注意聽著。今天所有人都不准踏出這棟房子一步。要是讓我逮到，有人膽敢提起這位小姐的事，他就得先挨頓毒打，再用火刑伺候，而且接下來整整六個禮拜只能吃麵包喝涼水。大家給我記清楚了。」

雷莎琳剛才雖然說過，她很想快點聽到艾拉薇的故事，但她此刻卻完全沒表現出半點想聽故事的模樣。她是個很愛講話，但卻不善於傾聽的女孩子。她堅持要艾拉薇先去好好洗個奢華的卡羅門浴（卡羅門浴舉世聞名）享受一下，然後又取出最精緻華美的衣服，把艾拉薇打扮得漂漂亮亮的，才肯坐下來聽故事。她在替艾拉薇挑衣服時排出大陣仗，花了好長的時間左挑右選，把艾拉薇都快要逼瘋了。艾拉薇現在才想起來，雷莎琳本來就是這種人，她向來就對衣服啦、宴會啦和八卦消息等等十分熱中。但艾拉薇從小就對拉弓、射箭、騎馬、養狗和游泳比較感興趣。所以可想而知，她們兩人自然都覺得對方很蠢。不過，她們兩人在一個有著梁柱的美麗房間（要不是雷莎琳那隻被寵壞了的猴子寵物，在旁邊爬來爬去搗蛋的話，艾拉薇應該會挺喜歡這個地方的）中吃過飯（主要是鮮奶油、果凍、水果和冰點之類的零食）之後，雷莎琳終於開口問艾拉薇為什麼要逃家。

聽艾拉薇說完以後，雷莎琳的反應是：「可是我不懂耶，親愛的，妳為什麼不嫁給艾好大大公呢？大家都很喜歡他呀。我丈夫說，他已經變成卡羅門王國身分最崇高的權貴了。而且年老的阿薩沙去世以後，他已經受封為首相了耶，難道妳不知道這件事嗎？」

「管他的。反正我一看到他就覺得噁心。」艾拉薇說。

「哎呀，親愛的，拜託妳用腦袋想一想嘛！他有三座宮殿耶，而且還有一座是在愛金湖畔，漂亮得不得了呢。我聽人家說，只要嫁給他，就可以擁有一串串巨大的珍珠。而且還可以天天用驢奶洗澡唷。不過呢，妳也曉得，這些我自然是樣樣不缺啦。」

「他有多少珍珠和宮殿是他家的事，我才不放在眼裡呢。」艾拉薇說。

「妳向來就是一個怪女孩，艾拉薇，」雷莎琳說，「有了這些東西，妳到底還有什麼不滿足呢？」

不過，最後艾拉薇還是設法讓她的朋友相信，她是真的想要逃走，而她們兩人開始一起討論計畫。現在要帶兩匹馬兒走出北門，到達古帝王墓，可說是完全不成問題。一名穿著體面的馬夫，牽著一匹戰馬和一匹供貴婦騎用的馬兒走到河邊，絕不會有人出面攔阻或是多做盤問，而雷莎琳家裡多的是馬夫可供使喚。但至於艾拉薇自己呢，情況就沒那麼樂觀了。她提議讓她坐擔轎出城，只要把帷幕全都拉上就行了。但雷莎琳卻告訴她，擔轎只能在城裡乘坐，若是有擔轎走出城門，就一定會有人前來盤問。

她們討論了很長的一段時間——而且艾拉薇發現她的朋友老是喜歡離題閒扯，這使時間變得更加漫長——最後雷莎琳終於拍拍手說：「喔，我想到了一個好主意。有**一個**辦法，可以讓妳完全不用經過城門，就順利離開這個城市。太洛帝（願吾皇萬壽無疆！）的花園直接通向河岸，那裡有一扇小水門。這當然是只有宮裡的人才能使用啦——但我可以告訴妳，親愛的（說到這裡，她嗤嗤傻笑了幾聲），我們幾乎可以**算是**宮裡的人呢。哎呀，幸好妳找的人是我。親愛的太洛帝真的是（願吾皇萬壽無疆！）**非常**仁慈親切。我們幾乎每天都會受邀到宮裡作客，那兒簡直就像是我們另一個家似的。所有的王子公主我都非常喜歡，而羅八達王子更是我的**偶像**。不管是白天還是夜晚，我隨時都可以跑進宮裡，去拜訪那兒任何一位貴婦。我看我乾脆等天黑以後，跟妳一起溜進去，把妳帶到水門那兒，妳說好不好？水門外總是會繫著幾艘平底舟。而且，就算我們被逮到——」

「那就一切都完了。」艾拉薇說。

「喔，親愛的，別這麼激動嘛，」雷莎琳說，「我正準備告訴妳，就算我們被逮到的話，大家也只會以為我在跟他們開玩笑。我跟他們混得越來越熟了。前幾天——拜託妳聽我說嘛，親愛的，這件事真的好玩死了——」

「我是說，我就一切都完了。」艾拉薇的語氣變得有些尖銳。

「喔—啊—沒錯——我懂妳的意思了，親愛的。好吧，那妳能想出比這更好的計畫嗎？」

艾拉薇想不出來，她答道：「不能。所以我們只好冒險了。什麼時候可以出發？」

「喔，今晚不行，」雷莎琳說，「今晚絕對不行。今晚宮裡會舉行一場盛大的宴會（再過幾分鐘我就得去弄頭髮了），整座宮殿全都會變得燈火通明。而且還到處都擠滿了人！我們必須等到明天晚上。」

這對艾拉薇來說是個壞消息，但她也只好隨遇而安。這天下午過得非常漫長，當雷莎琳終於出門去參加宴會時，艾拉薇不禁鬆了一口氣，因為她這時已對雷莎琳的咯咯傻笑聲，和她那些關於衣服啦、宴會啦、婚禮啦、訂婚、醜聞之類的無聊談話，感到厭煩透頂。她早早就上床休息，這點她倒是十分滿意：又能舒舒服服地睡在枕頭床單上，實在是太美妙了。

但到了第二天，時間卻變得異常緩慢。雷莎琳想把原先的計畫推翻，再重新討論，並老是在艾拉薇耳邊嘮嘮叨叨數落，說納尼亞是個終年為冰雪覆蓋的國家，住在那兒的全都是些妖魔鬼怪和邪惡魔法師，打死她都不會想要到那個鬼地方去。「而且還要跟個鄉巴佬一起去！」雷莎琳說，「親愛的，妳自己想一想！這根本一點也不好玩嘛。」艾拉薇自己也常常想到這個問題，但現在她已經被雷莎琳的愚蠢乏味給煩得要死，她第一次開始感到，跟沙斯塔一起旅行，實在比太息邦的上流社會生活要有趣多了。所以她只是答道：「妳別忘了，等我們到了納尼亞以後，我也會變成一個無名小卒，跟他沒什麼兩樣。何況我都已經跟他們約好了。」

「還有妳想想看，」雷莎琳幾乎是用叫的，「妳要是理智一點的話，妳就是首相夫人了耶！」艾拉薇默默走開，去跟兩匹馬兒私下說幾句話。

「你們得在日落之前，跟馬夫趕到墳墓那兒去，」她說，「你們不用再背這些袋子了。馬夫會替你們重新套上全副鞍具。不過我們會在昏昏的鞍囊裡裝些食物，另外會在你身上掛個水袋，噗哩。那個馬夫會按照命令，在過橋之後，先讓你們到河邊喝飽水再走。」

「然後我們就要前往納尼亞，前往北方去嘍！」噗哩輕聲說，「但要是沙斯塔不在那兒該怎麼辦？」

「那當然只好等他嘍，」艾拉薇說，「你們住得還舒服吧？」

「我從來沒住過這麼棒的馬廄，」噗哩說，「不過呢，那位老是愛傻笑的女大公的丈夫，要是有付錢給馬夫頭去買最上等燕麥的話，那個馬夫頭肯定是汙了他的錢。」

艾拉薇和雷莎琳在那個有梁柱的房間吃晚餐。

大約兩個鐘頭之後，她們終於準備好要出發了。艾拉薇打扮得像是豪門的高級女奴，臉上還蒙了面紗。她們已事先說好，要是她們遭到盤問的話，雷莎琳就會騙他們說，艾拉薇是她準備帶去送給某一位公主的奴隸。

兩個女孩步行出發。沒幾分鐘，她們就走到皇宮大門前。這裡自然有軍人看守大門，但軍官認識雷莎琳，連忙命令他的手下立正站好，向她行禮致敬。她們立刻穿越城門，踏進黑色大理石廳。這裡仍然有相當多的朝臣、奴隸和其他閒雜人等在四處走動，而這正好讓這兩個女孩比較不會引起注意。她們繼續前進，走到了柱廳，再踏入雕像廳，然後沿著柱廊往前走，經過一扇銅箔大門，裡面就是帝王的朝廷。她們在昏黃的燭光下看來，眼前的一切全都富麗堂皇得難以用筆墨形容。

不久之後，她們走到了一個通往下方陽台的天井花園。她們走到天井對面，踏入了舊宮。宮裡此刻幾乎一片漆黑，她們發現自己進入一座由無數走廊所組成的複雜迷宮，唯一的光源就是牆邊燈架上的火炬。雷莎琳在一個分岔路口停下腳步。

「走啊，快走啊。」艾拉薇輕聲說，她的心怦怦狂跳，而且她仍然覺得，她父親隨時都可能會從轉角繞出來撞見她們。

「我在想……」雷莎琳說，「我不是百分之百確定接下來該怎麼走。我想應該是走左邊。沒錯，我幾乎可以確定是左邊。哇，這真的好好玩唷！」

她們往左邊走去，踏上了一條幾乎看不到一絲光線的通道，過沒多久，她們就開始沿著樓梯往下方走去。

「這就對了，」雷莎琳說，「現在我才確定我們真的走對路了。我記得這列樓梯。」但就在那一刻，她們上方出現了一團移動的亮光。在下一秒，遠方的角落就出現兩個男人的黑影，他們手裡握著長長的蠟燭，用後退的方式朝她們走過來。大家都曉得，人們只有在皇室面前，才會像這樣倒退行走。艾拉薇感到雷莎琳抓住了她的手臂——抓得又急又緊，這表示抓你的人心裡真的是非常害怕。艾拉薇覺得有些奇怪，雷莎琳不是說，太洛帝把她當作朋友一樣看待嗎？那她幹嘛怕成這個德性，但現在沒時間多加思索了。雷莎琳急忙拉著她躡手躡腳地重新爬到樓梯上方，慌亂地伸手往牆上摸索。

「這兒有扇門，」她悄聲說，「快。」

她們走進房中，輕輕帶上房門，立刻陷入一片漆黑。艾拉薇可以聽到雷莎琳急促的呼吸聲，她顯然是嚇壞了。

「求太洛神保佑我們！」雷莎琳悄聲說，「要是他走進這個房間，那我們到底該**怎麼辦**啊？我們有沒有地方躲啊？」

她們腳下是柔軟的地毯。她們在黑暗中摸索著往房中走去，無意中碰到了一張沙發。

「我們趕快躺到沙發後面，」雷莎琳嗚咽地說，「喔，**真**希望我們根本沒到這兒來。」

沙發後面緊連著一面掛著帷幕的牆，所以可以藏身的地方並不大，而兩個女孩設法躺了下來。雷莎琳搶到了比較好的位置，全身都藏得好好的，不會被人發現。但艾拉薇卻有半張臉露在沙發外面，要是有人拿著蠟燭走進這個房間，正好看對方向的話，就一定會看到她。但由於她臉上戴著面紗，別人無法一眼就看出，那露在外面的東西其實是半截額頭和一對眼睛。艾拉薇拚命往裡面擠，想要逼雷莎琳再多讓出點空間供她藏身。但雷莎琳此刻由於驚慌失措而變得有些自私，不僅使勁把艾拉薇推回去，而且還在她腳上掐了幾下。推擠了好一陣子，她們兩人雙雙宣告放棄，躺在地上微微喘氣。她們自己的呼吸聲聽起來似乎吵得嚇人，此外完全聽不到任何聲響。

「應該安全了吧？」艾拉薇用最細微的聲音問道。

「我、我、**想**是吧，」雷莎琳說，「真是嚇死我了——」但接著就響起一陣她們此刻最害怕聽到的可怕聲音：開門聲。然後房中大放光明。艾拉薇沒辦法把臉完全藏到沙發後面，因此她清楚地看到了一切。

最先是兩名奴隸（艾拉薇猜得沒錯，他們的確是又聾又啞，因此可供皇室在舉行祕密會議時使喚）手裡拿著蠟燭，後退著走進房中。他們在沙發兩旁立正站定。這對艾拉薇來說自然是件好事，現在有個奴隸不偏不倚地擋在她前面，這樣不僅更不容易被人發現，同時還可以透過他兩個後腳跟之間的縫隙朝外偷窺。然後有一個非常肥胖的老男人走了進來，他頭上戴著一頂古怪的尖帽，她一看就知道，這個男人必然就是太洛帝本人。他渾身珠光寶氣，而他身上最小的一顆珠寶，都比納尼亞貴族們所有衣服和武器加起來還要值錢。但他實在是太胖了，像包粽子似地裹了一身華服，飾邊、綴褶、絨球、鈕釦、流蘇和護身符等琳琅滿目地掛滿全身，使艾拉薇忍不住覺得納尼亞的時尚風格（至少以男人的流行來說）實在是高雅多了。一名高大的年輕人跟著走了進來，他頭上纏著綴上羽毛和珠寶裝飾的頭巾，腰間繫了一柄有著象牙刀鞘的偃月彎刀。他的神情非常激動，雙眼和牙齒在燭光下顯得閃閃發亮。最後走進房中的是一個身材瘦小，又乾又皺的駝背老男人，艾拉薇一看到他，就忍不住打了個哆嗦，她一眼就認出，他就是新上任的首相大人，也就是她的未婚夫，艾好大大公本人。

等這三個人全都走進房中，關緊門之後，太洛帝就坐到一張無靠背矮長沙發上，發出一聲滿足的嘆息，年輕人走到他面前站定，而首相則跪下來匍匐在地，把臉貼到地毯上。

8

在太洛帝宮殿中

就因為我無時無刻不惦記著，納尼亞至今依然保有自由，

每天清晨，太陽在我眼中變得黯淡無光，

而每個夜晚，我都無法睡得安穩。

「喔—我的—父親—喔—我—最敬愛的—父王啊，」年輕人低聲說，但他這句話像背書似地唸得又快又順，完全感覺不到他對太洛帝有絲毫敬愛之意，「願父王萬壽無疆，但你這次真的是把我給害慘了。要是在我剛看到那艘可恨的蠻族船隻駛離港灣的時候，你就立刻下令派給我最快的單甲板平底帆船，我現在說不定已經追上他們了。但你卻勸我先派人過去察看，說他們可能只是打算繞過海岬，找個較好的地方停泊罷了。結果呢，現在我們已經整整浪費一天的時間。他們已經走了——走得遠遠的——遠得我再也追不上了！那個虛情假意的賤女人，那個——」接下來他用了許多難聽的字眼來形容蘇珊女王，這些話若是全都寫出來的話，實在是有礙觀瞻。這名年輕人就是羅八達王子，而他口中那個虛情假意的女人，自然就是納尼亞的蘇珊女王。

「冷靜一點，我的兒子啊，」太洛帝說，「只要能保有一顆明智的心靈，那些離去貴賓所造成的創傷，必然很快就能痊癒。」

「但我**就是想**得到她啊，」王子喊道，「我非得到她不可。要是得不到她的話，我大概也活不成了——那個虛偽、驕傲、黑心腸的賤女人！她的美貌讓我夜不安枕、食不知味，眼前變得黯淡無光。我無論如何一定要得到那個蠻族女王。」

「有位才華洋溢的詩人說得好，」首相把臉（還有點灰撲撲的）從地毯上抬起來說，「唯有飲下理智之泉，方能澆熄青春的愛情火焰。」

這句話似乎把王子給激怒了。「狗奴才，」他大喝道，一連朝首相的臀部和後腿上踢了好幾腳，全都踢得又狠又準，「你好大的膽子，竟然敢在我面前引述什麼蹩腳詩人的作品。我已經被一大堆亂七八糟的格言詩句轟炸了一整天，我早就受夠了。」我想首相遭到痛打，艾拉薇是絕對不會為他感到心疼的。

太洛帝此時顯然陷入沉思，隔了很長的一段時間，他才注意到發生了什麼事，而他平靜地說：

「我的兒子，不准你再繼續踢打這位德高望重、開明賢達的首相大人。寶玉即使蒙塵，也不會因而減損它的價值，所以呢，在面對這些卑劣的蠻族時，我們必須尊重長者審慎的判斷。我命令你立刻住手，說出你的渴求和建議。」

「我的渴求和建議就是，我的父親啊，」羅八達王子說，「請你立刻召集你所向無敵的軍隊，侵入那可恨至極的納尼亞王國，用烈火和刀槍大肆蹂躪他們的國土，將它納入你龐大的帝國版圖，殺了它的大帝和所有皇室血脈，只留下蘇珊女王一人。我一定要娶她為妻，但我得先讓她嘗到嚴厲的教訓。」

「我可以告訴你，我的兒子啊，」太洛帝說，「不論你如何巧言勸誘，都無法說服我向納尼亞開戰。」

「你若不是我的父親，永生不死的太洛帝啊，」王子咬牙切齒地說，「我就會說，這是懦夫才會講的話。」

「你若不是我兒子，暴躁易怒的羅八達啊，」他的父親答道，「你說出這麼大逆不道的話，就立刻會被凌遲處死。」（他那冷酷而平靜的語氣，讓艾拉薇聽了不禁感到心底發寒。）

「但這是為什麼呢？我的父親啊，」王子說——這次他的語氣變得恭敬多了，「懲罰納尼亞王國，只不過就像是吊死一名偷懶的奴隸，或是把一匹不中用的馬兒送去做狗食一樣稀鬆平常，我們大可放手去做，幹嘛還要這樣顧東顧西考慮半天呢？它甚至還沒有你最小的省分四分之一大哩。你只要派出一千名持槍士兵，花上五個禮拜的時間，就絕對可以征服這個國家。它只不過是你龐大帝國版圖邊緣一個礙眼的汙點罷了。」

「確實如此，」太洛帝說，「這些自稱為**自由**（還不如說是，懶惰、散漫、不事生產）的蠻族小國，早已成為諸天神明和所有有識之士的心頭大恨。」

「那我們幹嘛還要忍耐這麼久，不快點去把納尼亞給剷平呢？」

「你要知道，賢明的王子啊，」首相說，「在你崇高的父親登基為王，開始他長治久安的統治之前，納尼亞王國一直終年覆蓋著冰雪，而且還受到一名法力高強的魔女所控制。」

「這我清楚得很，囉哩叭嗦的首相啊，」王子答道，「我還知道那個魔女已經死了。現在冰雪已完全消失，納尼亞現在已變成一片適於居住、豐饒多產，非常舒適宜人的樂土了。」

「但這樣的改變，喔，博學多聞的王子啊，顯然是那群現在自稱為納尼亞國王和女王的惡人，施展厲害魔咒所帶來的結果。」

「我倒是認為，」羅八達說，「那其實是群星的變化，與大自然運行所造成的影響。」

「這一切，」太洛帝說，「正是有識之士一直爭執不下的問題。我十分確定，要造成如此重大的改變，並成功刺殺那名邪惡的老魔女，必然得仰賴高強的魔法才能成功。而這類稀奇古怪的事，在那個地方其實並不罕見。那裡的居民大多都是外表長得像野獸，卻能口吐人言的惡魔，要不然就是些半人半獸的怪物。傳言說納尼亞大帝（願諸天神明永久背棄他）背後有一個外貌猙獰、邪法高強的惡魔在替他撐腰，而這個惡魔通常都是以獅子的形貌出現。照我看來，攻打納尼亞的計畫勝算太小，前景並不樂觀，而我這個人向來不做任何沒有把握的事。」

「卡羅門王國實在是太幸運了，」首相又突然抬起頭來說，「神明慷慨賜予我國的統治者如此謹慎持重、縝密周詳的睿智心靈！但我們那英明睿智、辯才無礙的太洛帝曾經說過，面對納尼亞這盤美味的珍饈，饞涎欲滴卻不能下箸，的確令人感到可悲可嘆。有位才華洋溢的詩人說——」但說到這裡，艾好大突然注意到，王子的腳趾頭不耐煩地動了一下，嚇得他趕緊閉上嘴巴。

「的確是可悲至極，」太洛帝用他那渾厚平靜的嗓音說，「就因為我無時無刻不惦記著，納尼亞至今依然保有自由，每天清晨，太陽在我眼中變得黯淡無光，而每個夜晚，我都無法睡得安穩。」

「我的父親啊，」羅八達說，「要是我指引你一條明路，可以讓你放手去攻打納尼亞，而且就算落敗的話，也不會造成你任何損傷呢？」

「你要是真有這種辦法，羅八達啊，」太洛帝說，「那你就可算是世上最孝順的兒子了。」

「那麼請你聽我說，父親啊，讓我就在今晚此時此刻，帶著兩百名騎兵出發橫越沙漠。但必須讓所有人認為，你對我的行動一無所知。在明天早上，我就可以抵達亞成地，來到半月國王的安瓦宮城門前。他們向來跟我們邦交良好，完全沒有任何心理準備，因此他們甚至還來不及奮起作戰，我就可以出其不意地攻下安瓦宮。然後我會沿著安瓦宮上方的隘路，越過納尼亞國土，直接奔向凱爾帕拉瓦宮。目前彼得大帝並不在宮中；上次我跟他們告別時，他正準備對入侵北方邊界的巨人族發動攻擊。照我看來，凱爾帕拉瓦宮必然城門大開，而我將可長驅直入。我會盡量謹慎行事，表現得禮貌得體，除非必要，絕不傷到納尼亞人一根寒毛。接下來我只要坐在那兒，等那艘載著蘇珊女王的『璀璨琉璃號』駛入港灣，等她一踏上岸，我就抓住我那隻逃脫的鳥兒，把她拋上馬鞍，然後策馬狂奔，一路奔回安瓦宮，你覺得這計畫怎麼樣？」

「但這會有個問題，我的兒子啊，」太洛帝說，「要是在你劫走那個女人時，你和愛德蒙國王兩人戰得僵持不下，非得拚個你死我活呢？」

「他們人手不多，」羅八達說，「我會派遣十名手下卸下他的武器，將他五花大綁，我會努力按捺住要讓他流血的強烈欲望，避免你和彼得大帝結下深仇大恨，挑起兩國之間的戰爭。」

「那麼，要是『璀璨琉璃號』比你先抵達凱爾帕拉瓦宮呢？」

「照目前的風勢看來，我認為絕無可能，我的父親啊。」

「最後一個問題，我足智多謀的兒子啊，」太洛帝說，「你已經解釋清楚，要用什麼樣的手段去奪得這名蠻族女人，但從頭到尾都沒提到，你何以幫助我征服納尼亞王國。」

「我的父親啊，莫非你沒注意到，我和我的騎兵們雖然如離弓之箭一般，在納尼亞境內來去匆匆，但安瓦宮已永遠落入我們手中了嗎？我們一旦占據了安瓦宮，就等於是安坐在納尼亞王國的大門前，你同時還可以不露形跡地漸漸增加安瓦宮的駐軍人數，慢慢聚集成龐大的軍隊。」

「這段話說得合情合理且深謀遠慮。但這次行動若是完全失敗的話，那我該如何撤回我的軍隊呢？」

「你可以推說，你對我的行動一無所知，我既未獲得你的允許，也未蒙受你的祝福，說我完全是出於激烈的愛情與年輕人的衝動，才會這樣魯莽行事。」

「但大帝若是要求我們把那名蠻女，也就是他的妹妹送回家鄉呢？」

「我的父親啊，我敢擔保他絕不會這麼做。那個善變的女人雖然拒絕了這樁婚事，但彼得大帝是個小心謹慎且通情達理的人，他絕對不會願意眼睜睜地放棄跟我國皇室聯姻的崇高榮耀與莫大利益，再說，有朝一日，他還可以看到他自己的親外甥和甥孫，登上卡羅門王國的王位哩。」

「若是如你所願我會長生不死，那他恐怕就無法看到他的親戚登上我國的王位了。」太洛帝的語氣變得比先前更加冷淡。

「還有，喔，我的父親，我最敬愛的父王啊，」在一段尷尬的沉默過後，王子開口說，「我們可以假冒女王的手筆寫幾封信，說她深愛著我，完全不想返回納尼亞。因為大家都知道，女人的心就跟風向雞一樣善變。就算他們不完全相信這些信，諒他們也不敢直接率軍到太息邦來接她回去。」

「賢明的首相啊，」太洛帝說，「對於這奇怪的建議，請你給我們一些智慧的建言吧。」

「不朽的太洛帝啊，」艾好大答道，「我十分明瞭父愛的力量，而我常聽人說，在父親眼中，兒子甚至比紅玉更加珍貴。面對這件有可能危及我們高貴王子性命的大事，屬下縱有天大的膽子，又怎敢坦白表露心中的看法呢？」

「你大可放膽直言，」太洛帝答道，「你若是執意不說的話，你的下場或許會更加淒慘。」

「屬下遵命，」那不幸的男人呻吟道，「那麼請聽我說，最通情達理的太洛帝啊，首先呢，王子的處境，其實並不像表面上看來那麼危險。這是因為，諸天神明並未賜予那些蠻族謹慎持重的天賦，比方說，他們的詩句並不像我們的作品一般，充滿了精選箴言和實用的警語，而是全都以愛情與戰爭作為主題。因此在他們眼中看來，像王子這種瘋狂的舉動，反倒顯得十分高貴且極端令人欽佩——唉唷！」王子一聽到「瘋狂」這個字眼，又狠狠踹了他一腳。

「住手，我的兒子啊，」太洛帝說，「至於你呢，德高望重的首相，不論他是否聽命住手，都絕對不要中斷你那滔滔不絕的精采建言。一位沉著穩重、行事得體的君子，必須能面不改色地忍受一切瑣碎紛擾，方能展現出他泰山崩於前而色不變的過人風範。」

「屬下遵命，」首相說，他微微挪動方向，好讓他的臀部離羅八達的腳趾遠一些，「我認為，在他們眼中看來，這種——呃——冒險的壯舉，即便不值得尊重，至少也完全可以體諒，況且王子的行動，還是基於對一名女子的強烈愛情，那就更加能投合他們的心意了。因此，就算王子不幸落入他們手中，他們也絕對不會要他的性命。不僅如此，甚至還可能會出現更佳的轉機哩，也就是說，王子雖然無法成功劫走女王。但當她看到他是如此英勇無匹，對她的用情又是如此之深，說不定會對王子刮目相看，芳心暗許呢。」

「這話倒是不錯，嘮叨老頭，」羅八達說，「沒想到你那醜陋的腦袋瓜，有時候還挺管用的嘛。」

「主人的讚美使我感到無上光榮，」艾好大說，「其次呢，千秋萬代永為君主的太洛帝啊，在我看來，在諸天神明的眷顧之下，安瓦宮非常有可能會落入王子手中。果真如此的話，我們就等於是勒住了納尼亞的咽喉。」

接下來是一段長久的沉默，室內變得非常安靜，兩個女孩連大氣都不敢喘一聲。最後太洛帝終於開口說話。

「去吧，我的兒子，」他說，「就照你的話去做吧。但你休想從我這裡得到任何支持與援助。你若是不幸喪生，我並不會替你報仇，你若是被蠻族囚禁，我也不會設法去拯救你。此外，不論你成功與否，你若是無故傷到納尼亞皇族一根寒毛，因而引起兩國爭端，那麼你將永遠失去我的寵愛，而你的大弟將會接替你的位置，成為卡羅門王儲。現在就去吧。以迅雷不及掩耳的速度，出其不意地展開攻擊。祝你幸運。願那神威無敵且鐵面無私的太息神賜給你力量，使你在戰場上勢如破竹，無堅不摧。」

「兒臣遵命。」羅八達喊道，他跪下來親吻父親的手，接著就立刻衝出房門。太洛帝和首相仍然待在房中，這讓艾拉薇感到大失所望，她被擠得難過死了。

「首相啊，」太洛帝說，「你確定我們今晚在此舉行的三人會議，絕對不會有第四個人知道嗎？」

「我的君主啊，」艾好大說，「我敢擔保，絕不會有其他任何人知道這回事。由於我合理的建議，獲得陛下智慧的認可，使我們選擇在這從來沒舉行過一場會議，也不會有閒雜人等在此出入的舊宮碰面，我確定絕不會走漏任何風聲。」

「很好，」太洛帝說，「要是有人知道這件事，我絕不容他再在世上多活一個鐘頭。而你也一樣，謹言慎行的首相啊，快把這件事給忘了吧。我要將和王子的計畫有關的所有記憶，從我自己和你的腦海中完全抹去。王子的行動我毫不知情，他並未得到我的允許，這個年輕人向來就不服管教，生性暴躁易怒，這只是他一時衝動之下所做出的魯莽舉動，我並不知道他究竟前往何處。所以呢，在聽到他攻下安瓦宮的消息時，我倆會比世上其他任何人更加震驚。」

「屬下遵命。」艾好大說。

「這樣的話，往後即使在你內心深處，也絕不會認為，我是世上最狠心的父親，竟然派遣自己的長子，去執行一件可能會讓他喪失性命的危險任務，我知道你並不愛王子，因此這樣的結果，想必令你相當滿意吧。你的心事全都瞞不過我的。」

「完美無瑕的太洛帝啊，」首相說，「若是跟我對你的敬愛相比，不論是王子、我自己的性命、麵包、清水或是陽光，我的確是誰都不愛。」

「你這樣的情操，」太洛帝說，「可說是既崇高又正確。我自己也是如此，若是跟王權所帶來的榮耀與權勢相比，我同樣也是什麼都不愛。王子若是成功的話，我們就可以順利攻占亞成地，然後或許能再更進一步地攻下納尼亞。他若是失敗的話——反正我另外還有十八個兒子，而照以往國王長子的行徑看來，羅八達顯然已開始變得越來越危險了。太息邦過去至少有五位太洛帝英年早逝，就是因為他們的長子，那些賢明的王子們，迫不及待地想要早點登上王位。我寧可讓他在國外鮮血冷卻，魂斷異鄉，也好過讓他在這裡因有志難伸而感到熱血沸騰，終致釀成大禍。而現在呢，卓越的首相啊，父親無謂的焦慮令我感到昏昏欲睡。傳樂師到我的寢宮。但在你安睡之前，記得先撤回我們頒給三廚的赦免狀。我感到腹中出現消化不良的徵兆。」

「屬下遵命。」首相說。他趴在地上爬行退到門邊，站起來鞠了一個躬，然後走出房門。但太洛帝依然默默坐在無靠背矮沙發上，遲遲不肯起身，害艾拉薇差點開始擔心他是不是睡著了。但最後他終於在一陣響亮的唧唧嘎嘎聲，和一聲悠長的嘆息中，奮力撐起他那笨重的身軀，走出房間。房門在他身後關上，房間再度陷入一片漆黑，兩個女孩子終於又可以放心地大聲呼吸了。

9
橫越沙漠

沙漠顯得死氣沉沉，

彷彿是屬於一個死去多時的荒涼世界；

沙斯塔累得要命，感到越來越冷，嘴唇也乾燥欲裂……

「好恐怖唷！實在太恐怖了！」雷莎琳嗚咽地說，「喔，親愛的，真是嚇死我了。我全身都在發抖呢。妳摸摸看。」

「好了啦，」艾拉薇說，她同樣也在發抖，「他們已經回新宮去了。只要走出這個房間，我們就不會再遇到任何危險。但我們已經浪費太多時間了。趕快帶我去水門吧。」

「親愛的，妳**怎麼可以**這樣？」雷莎琳哇哇大叫，「我現在什麼事也不能做——現在不行啦。我都要嚇死了！不，我們得先躺著休息一會兒，然後就回家去吧。」

「回家幹嘛？」艾拉薇問道。

「喔，妳都不懂。妳這個人一點同情心也沒有。」雷莎琳說，抽抽搭搭地哭了起來。艾拉薇硬起心腸，她知道現在可不是講同情心的時候。

「妳給我聽著！」艾拉薇說著一把抓住雷莎琳，狠狠搖了她一下，「妳要是再吵著說要回家，不馬上帶我去水門的話——妳知道我會怎麼做嗎？我要立刻衝到走廊上大聲尖叫。這樣我們兩個都會被抓。」

「這樣我們兩個都會沒、沒、沒命耶！」雷莎琳說，「難道妳剛才沒聽到太洛帝（願吾皇萬壽無疆）是怎麼說的嗎？」

「當然有，但我寧願死，也不要嫁給那個艾好大。快**走**啊！」

「喔，妳這個人**真是**無情，」雷莎琳說，「我現在這麼慘，妳還要這樣逼我！」

但吵了半天，最後她還是拗不過艾拉薇，只好乖乖讓步。她領著艾拉薇步下那道她們剛才走了一半的階梯，沿著另一條通道往前走去，最後終於走到了戶外。她們現在踏入皇宮的庭院中，此處的地勢呈梯狀層層而下，一路通往下方的城牆。月光十分皎潔明亮。可惜冒險的缺點，就是當你來到世上最美麗的地方時，往往都是心情焦慮，行動匆忙，根本沒空好好欣賞眼前的美景；因此艾拉薇對這裡只留下一些模糊的印象（雖然她在多年以後，依然牢牢記住這幅畫面），只注意到灰濛濛的草坪、幽幽湧動的噴泉，以及柏樹長長的黑影。

最後終於到達高聳的城門，但雷莎琳手抖得實在太厲害，摸了半天還是沒辦法拔開門閂。後來還是艾拉薇把門打開了。河流赫然出現在她們眼前，水面上閃耀著盈盈月光，還有一個小小的浮動碼頭和幾艘遊艇。

「再會了，」艾拉薇說，「謝謝妳。我要向妳道歉，如果我有失禮的地方。但請想想，我是為何而逃！」

「喔，親愛的艾拉薇，」雷莎琳說，「妳還沒改變心意嗎？妳不是已經看到，那位艾好大真的是個很了不起的人！」

「了不起！」艾拉薇說，「他根本就是一個卑躬屈膝的賤奴才，被王子踢打的時候，一副馬屁精的諂媚嘴臉，其實早已心生仇恨，而他為了報復，居然慫恿那個可怕的太洛帝，陷害自己的親生子走上絕路。呸！我寧願嫁給我父親的雜役，也不要跟這種禽獸結婚。」

「喔，艾拉薇，艾拉薇！妳怎麼可以說這麼恐怖的話，而且還罵到了太洛帝（願吾皇萬壽無疆）。只要是**他**做的事，就一定不會有錯的啦！」

「再會了，」艾拉薇說，「我覺得妳的衣服很美。妳的家也很美。我相信妳會過著幸福美滿的生活——可惜並不適合我。我走了以後，記得把門輕輕關上。」

她掙脫她朋友深情的擁抱，踏上一艘平底船，解開繫繩，不久船就駛到河心。天空懸掛著一輪巨大的月亮，而河心深處也映出一輪巨大的月亮倒影。空氣十分清冽涼爽，她一踏上河對岸，就聽到貓頭鷹的嗚嗚啼聲。「啊，舒服多了！」艾拉薇心想。她從小在鄉村長大，太息邦的生活讓她簡直連一分鐘也待不下去。

她踏上岸，發現自己陷入一片漆黑，周遭的坡道和高聳的樹叢，完全阻隔了月光。但她還是設法找到了沙斯塔走過的那條路，沿路走到了草坪與沙漠的交界點。望向左方（如同沙斯塔），看到了那些龐大陰森的墳墓。像她這麼勇敢的女孩，終究還是會感到心裡發毛。說不定其他人不在那兒！說不定真的有惡靈作祟！但她還是傲然抬起下巴（並微微伸出舌頭），開始朝墳墓走去。

但還沒走到那兒，就看到了噗哩、昏昏和馬夫。

「你可以回去，向你的女主人覆命了，」艾拉薇說（完全忘了他得等到明天早上，城門開了以後才回得去），「這是給你的賞錢。」

「屬下遵命。」馬夫說，立刻用驚人的速度朝城市的方向出發。根本就不用吩咐他盡速離開：他滿腦子想的都是惡靈現身的恐怖場景。

接下來幾秒鐘，艾拉薇忙著親吻馬兒的鼻頭，並輕拍他們的脖子，簡直把昏昏和噗哩當成普通馬兒一樣看待。

「沙斯塔來了！感謝獅子！」噗哩說。

艾拉薇回過頭去，果然沒錯，沙斯塔一看到馬夫離去，就從藏身處走了出來。

「好，」艾拉薇說，「現在不能再耽擱了。」她匆匆說了幾句，簡單地對他們解釋羅八達發動遠征的事。

「那個奸詐的惡徒！」噗哩忿忿甩動鬃毛，跺著馬蹄說，「連封戰書都沒下，妄自在這種和平盛世發動攻擊！我們絕不會讓他得逞。我們要比他率先抵達。」

「但我們做得到嗎？」艾拉薇說，身手俐落地跳上了昏昏的馬鞍。沙斯塔不禁暗暗希望，自己上馬的動作也能像她那樣輕鬆漂亮。

「不呵—呵！」噗哩用鼻子哼了幾聲，「上來啊，沙斯塔。我們當然做得到！而且還可以遙遙領先哩！」

「他說他馬上就會出發耶。」艾拉薇說。

「人類就是愛說這種大話，」噗哩說，「你總沒辦法在短短一分鐘之內，讓整整兩百匹馬兒和兩百名騎師，全都準備好清水糧食，穿上全副武裝，佩好整套鞍具吧。好了，我們該往哪兒走啊？北方是吧？」

「不，」沙斯塔說，「我知道方向。我剛才畫了一條線。我等一下再跟你們解釋。你們兩匹馬兒請稍稍轉向左邊。啊——就是這裡！」

「聽我說，」噗哩說，「故事裡常會提到，什麼騎馬連續奔馳一天一夜，我可要告訴你們，在現實生活裡，根本就不可能辦得到。我們必須小跑和步行交替使用，但小跑的步伐得輕快一些，走路的時間則是越短越好。還有，在我們馬兒開始走路的時候，你們兩個人類也得跳下來跟我們一塊兒走。好，準備好了嗎，昏昏？我們出發嘍。奔向納尼亞，奔向北方！」

一開始，這段旅途令人感到十分愉快。現在已入夜好幾個鐘頭了，白天的日曬在沙地上留下的餘溫，此刻已幾乎完全散去，空氣涼爽舒適，清新無比。在月光下放眼望去，四周全都是一片浩瀚無垠的沙漠，彷彿就像是平滑的水面，或是巨大的銀盤一般，閃爍著幽微的光芒。四周一片死寂，除了噗哩和昏昏的鼻息和蹄聲之外，完全聽不到一絲聲響。沙斯塔要不是每隔一陣子，就得爬下馬來走一段路的話，說不定早就睡著了。

這樣的旅程似乎持續了好幾個鐘頭。然後月亮完全失去了蹤影。他們彷彿在黑暗中行走了好幾個鐘頭。接著沙斯塔發現，他的眼力好像在不知不覺間變好了一些，現在他已可以隱約看到噗哩的脖子和頭了；而慢慢地，非常緩慢地，他終於漸漸看到兩旁灰暗平坦的沙漠。沙漠顯得死氣沉沉，彷彿是屬於一個死去多時的荒涼世界；沙斯塔累得要命，感到越來越冷，嘴唇也乾燥欲裂。而皮革的嘎響、馬銜的叮叮聲，和馬蹄的聲響——並不是踏在堅硬路面上的**啪噠噠—啪噠**，而是踩在乾燥沙地上的**沙塌塌—沙塌塌**——一直永不停歇地在耳邊迴盪。

走了好幾個鐘頭之後，在他右邊遠處的地平線盡頭，終於出現了一條淡灰色的長線。接著又出現了一道紅線。黎明終於到來，但此處卻沒有一隻鳥兒可以為清晨歌唱。他現在每到要下馬走路的時候，都覺得相當高興，這至少可以讓他身子變暖一些。

然後太陽忽然昇起，一切全都在瞬間變得不同了。灰暗的沙地轉為黃色，發出閃爍的光芒，彷彿撒了滿地的鑽石。沙斯塔、昏昏、噗哩和艾拉薇四個拖得長長的影子，在左邊伴著他們一起往前疾行。遠方的皮爾山雙峰在月光下閃閃發光，沙斯塔發現，他們的方向走偏了點兒。「往左一點，往左一點。」他吟唱道。最棒的是，當他們回頭張望時，太息邦看起來已顯得又小又遠了。墳墓幾乎已失去蹤影：沒被太洛帝那座張牙舞爪、參差不齊的圓丘城市所吞沒。大家都感到舒服多了。

但好景不常。雖然在他們第一次回頭時，太息邦顯得非常遙遠，但接下來不論他們往前走多遠，它看起來還是一個樣，並沒有變得更遠一些。沙斯塔索性不再回頭看，因為那只會讓他覺得，自己好像連一步都沒走似的。接著光線變成了惱人的障礙。沙地發出的眩光，刺得他雙眼發疼。但他曉得絕對不能閉上眼睛，他必須瞇起眼睛，緊盯著前方的皮爾山，負責辨別方向。沒多久，地上又出現蒸騰的熱氣。他是在第一次下馬走路時，注意到這個問題：他一踏到沙地上，彷彿就像是打開了烤箱似的，立刻感到有一股熱氣朝他迎面撲來。第二次下馬時，情況變得比先前更加糟糕。到了第三次，他的光腳丫一碰到沙地，他就忍不住痛得尖叫，連忙用最快的速度把一隻腳縮回馬鐙，另一隻腳半掛在噗哩背上。

「對不起，噗哩，」他喘著氣說，「我不能走了。我的腳會被燙傷。」

「是呀！」噗哩氣喘吁吁地說，「這麼說連我也不能走嘍。你就忍著點吧，這可沒人能幫得上忙。」

「像妳就還好，」沙斯塔對跟在昏昏旁邊走的艾拉薇說，「至少妳有鞋子穿。」

艾拉薇什麼也沒說，看來似乎是在擺臭架子。我真希望她不是有意要露出這副模樣，可惜她偏偏就是故意的。

於是他們就這樣繼續前進，小跑，走路，然後再小跑，馬銜叮噹叮噹叮噹，皮革嘎吱嘎吱嘎吱，馬兒灼熱的汗臭，自己灼熱的汗臭，炫目的強光，頭痛。不論往前走多少哩路，情況都不會有絲毫改變。太息邦看起來並沒有比先前更加遙遠。前方的山巒也沒有比先前接近一些。這會使你忍不住感到，這種情形將會永遠持續下去——馬銜叮噹叮噹叮噹，皮革嘎吱嘎吱嘎吱，馬兒灼熱的汗臭，自己灼熱的汗臭。

在這樣的情況下，你自然會試著用各式各樣的遊戲來設法打發時間，但這些自然全都毫無用處。而且你還得設法管住自己的腦袋，千萬別去想到那些清涼的飲料——太息邦宮殿裡的冰凍果子露，帶有泥土芳香的淙淙清泉，冰冰涼涼、柔滑順口，濃得恰到好處的牛奶——你越是努力不去想，就想得更加厲害。

最後終於出現了某種變化——前方的沙地上，出現一座大約五十碼長、三十呎高的巨岩。此刻太陽高掛天空，因此巨岩的影子並不大，但仍然足以讓他們容身。他們全都擠到影子底下，在那兒吃了點東西喝了些水。要馬兒就著水袋喝水，並不是件容易的事，幸好噗哩和昏昏的嘴唇都十分靈巧。大家全都覺得自己並沒有吃飽喝足。沒有一個人開口說話。馬兒全身布滿了汗珠，呼吸聲變得十分濁重。兩個孩子臉色慘白。

他們只休息了一會兒，就開始繼續趕路。同樣的聲響，同樣的氣味，同樣的強光，然後他們的影子終於開始落向右方，拖得越來越長，長得彷彿可以一路延伸到東方的世界盡頭。太陽以非常緩慢的速度，落向西邊的地平線。太陽終於落下，感謝上蒼，那無情的強光已然消退，但沙地冒出的熱氣，仍然跟先前一樣灼燙。四對眼睛全都在急切地搜尋烏鴉黃腳丫口中那個山谷的蹤跡。但他們往前走了好幾哩，眼前依然只有一片平坦的黃沙。此刻白日已將近結束，大部分星星都已在天空閃爍，而馬兒依然往前疾行，兩個孩子也仍在馬鞍上顛上顛下，又渴又累苦不堪言。最後，直到月亮升起時，沙斯塔——用一種嘴巴乾得要死的人所發出的古怪嘶吼聲——忽然喊道：

「就在那兒！」

這次絕對不會弄錯。就在前面微微偏右的地方，終於出現了一道斜坡：一條兩旁各有一座石丘的下坡路。兩匹馬兒已累得沒力氣說話，但仍立刻轉向斜坡，沒一、兩分鐘，他們就踏入了那個小峽谷。一開始，在峽谷裡甚至比在沙漠中還要難受，這是因為，夾在兩道石壁中的空間，不僅悶得令人窒息，月光也顯得黯淡許多。他們沿著陡峭的坡道不斷往下走，兩旁的石牆也變得越來越高，聳立成兩座巍峨的懸崖。然後他們開始看到了一些植物——仙人掌般的多刺植物，和刺得扎手的粗草。過沒多久，馬蹄所踏到的已不再是沙地，而是碎石與石塊了。他們每繞過一個彎——這個山谷的轉彎多得要命——就急切地睜大眼睛四處搜尋水源。現在兩匹馬兒的力氣都快要用盡了，而早已累得腳步踉蹌、氣喘吁吁的昏昏，此刻遠遠落在噗哩後方。就在他們幾乎要感到絕望時，終於看到了一小灘泥濘，和一道靜靜淌過草地的涓涓細流，而地上的青草也變得越來越豐美柔嫩。細流逐漸匯成小溪，小溪轉為兩岸長滿灌木叢的河流，河流發展成浩瀚的大川，而正在打瞌睡的沙斯塔（在經歷過無數次失望之後）在瞬間發現，噗哩終於停下腳步，而他自己也從馬上滑落下來。他們眼前出現一座小瀑布，飛濺的水花瀉入一個寬闊的水潭，而兩匹馬兒已急匆匆地踏入水中，垂下頭來開懷暢飲。「啊——啊——喔。」沙斯塔嘆道，連忙跳入水中——水只淹到他的膝蓋——他俯下身來，把頭直接湊到瀑布底下。這或許可算是他這輩子最快樂的一刻。

大約十分鐘之後，他們四個（兩個孩子幾乎已全身濕透）才跨出水潭，開始打量周遭的環境。月亮此時已升到高空，正在低頭偷窺山谷中的情景。河岸兩邊都長滿了柔軟的青草，草坪後方是一片樹林與灌木叢，沿著坡道一路攀升至懸崖下方。在那片陰暗的矮樹林中，必然隱藏著一些美麗的開花灌木，因為在這整片森林空地中，瀰漫著一股無比清新甜美的芳香。從最黑暗的樹林深處，傳來了一種沙斯塔從來沒聽過的聲音——夜鶯的歌唱聲。

大家全都累得筋疲力竭，既沒力氣說話，也沒什麼胃口。兩匹馬兒甚至沒等人替他們卸下馬鞍，就立刻躺到地上。艾拉薇和沙斯塔也躺了下來。

大約十分鐘以後，個性謹慎的昏昏開口說：「我們可千萬不能睡著。我們得趕在羅八達之前到達目的地。」

「是不能睡，」噗哩說話變得非常慢，「絕對不能睡。只能稍微休息一會兒。」

沙斯塔在那一刻想到，他要是不趕快站起來，想點兒辦法的話，他們大家全都會睡著，他心裡很清楚，他非這麼做不可。事實上，他已決定要站起來，勸大家繼續前進。但得再等一會兒；還不行，現在還不行……

月光皎潔明亮，夜鶯在樹上歌唱，才一會兒，兩匹馬兒和兩個孩子就立刻沉沉睡去。

最先醒過來的人是艾拉薇。太陽高高掛在天空，涼爽的早晨時光已過了一大半了。「這全都是我的錯，」她憤怒地數落自己，連忙跳起來，去把其他人全都叫醒，「你可不能希望馬兒在辛苦了一整天之後，還有辦法保持清醒，就算他們會說話也沒用。而那個男生更不用說了；他從來就沒受過任何像樣的訓練。但我應該比他們了解狀況，知道什麼不能做呀。」

其他人全都睡眼惺忪，一臉茫然。

「嘿—呵—不呵—呵，」噗哩說，「居然連馬鞍都沒卸就睡著了，嗄？下次我再也不幹了。真是難過死了——」

「喔，走吧，快走吧，」艾拉薇說，「我們已經浪費掉半個早上了。現在連一刻也不能再耽擱了。」

「總得先讓我吃口青草吧。」噗哩說。

「恐怕沒時間了。」艾拉薇說。

「幹嘛這麼猴急咧？」噗哩說，「我們不是已經越過沙漠了嗎？」

「但我們還沒到達亞成地啊，」艾拉薇說，「而且我們得趕在羅八達之前到達目的地。」

「喔，我們想必已經領先他好幾哩路嘍，」噗哩說，「而且我們不是在走捷徑嗎？你那位烏鴉朋友不是說這條路比較短嗎，沙斯塔？」

「他可沒說這條路**比較短**，」沙斯塔答道，「他只是說走這條路**比較好**，因為可以讓我們走到河邊。綠洲要是在太息邦正北方的話，這條路反而還比較遠哩。」

「嗯，但不先吃點兒東西，我實在是走不動，」噗哩說，「替我把馬鞍卸下來，沙斯塔。」

「對、對不起，」昏昏非常羞澀地表示，「我也跟噗哩一樣，覺得自己**實在沒辦法**再繼續走下去了。不過，當馬兒背上載著人類（他們總是帶著刺馬釘之類的工具）的時候，我們就算覺得自己再也走不動了，還不是經常被迫繼續走下去？然後，只要我們一開始走，就會發現自己其實是可以辦得到的。我、我要說的是——現在我們已經自由了，我們不是應該比先前更賣力嗎？這全都是為了納尼亞啊。」

「我想，夫人，」噗哩用非常強勢的態度表示，「對於戰役啦、艱苦行軍旅途啦，還有馬兒的耐力等等，我懂得可比妳多多了。」

昏昏聽了之後，沒再有任何表示，她就像大部分血統高貴的母馬一樣，個性很溫和，沒什麼自信，非常容易受到壓制。她的看法其實相當正確，噗哩背上要是有位大公在逼迫他繼續前進的話，他必然會發現，自己還有能力連走好幾個鐘頭艱難的路途。但奴隸生涯最糟糕的後遺症，就是當你一旦發現，沒人再繼續強迫你時，你卻已失去了驅策自己的能力。

所以他們只好等噗哩先吃些點心、喝點清水，而昏昏和孩子們自然也跟著吃了點兒東西。當他們終於又開始出發時，差不多都快要到十一點了。上路之後，噗哩的態度也顯得比昨天懶散許多。因此昏昏雖然體力比較差，也比噗哩更加疲憊，但事實上是由她在負責帶領大家趕路。

這座山谷有著清涼的褐色河流、翠綠的草地、柔軟的苔蘚和美麗的野花與杜鵑花，是一個風光宜人的好地方，令你情不自禁地想要放慢腳步。

10

南方邊境的隱士

打開門，直接往前走去：往前直走，

不論遇到平地或是陡坡，平順或是崎嶇的道路，

乾燥的沙地或是潮濕的水面，你都得繼續往前直走。

他們往山谷下方走了好幾個鐘頭之後，谷地開始變寬，眼前也豁然開朗。原先依循的河流，在此匯入一條更大的河川。這條水面寬闊、水流湍急的大河，自左而右地朝東邊奔流而去。在這條新出現的河流後方，是一片丘陵起伏的宜人鄉野，低矮的山丘峰峰相連，一路通往遠方的北方山脈。往右看去，是幾座嶙峋的岩峰，其中有一、兩座岩壁側面，覆蓋著白色的積雪。往左望過去，則是松林遍布的山坡、巍峨的懸崖峭壁、細窄狹長的峽谷，以及高聳入雲的青色山峰。沙斯塔現在已認不出究竟哪裡才是皮爾山了。他們前方的山脊往下陷落，形成一道位於兩峰之間的鞍部，而這想必就是從亞成地通往納尼亞的隘路。

「不呵—呵—呵，北方，青翠的北方！」噗哩放聲長嘶。對自小生長在南方的沙斯塔和艾拉薇兩人來說，這片丘陵地是如此青翠動人，碧綠鮮嫩得遠超過他們的想像。他們劈里啪啦地踩水走到兩條河流的交會口，精神為之一振。

這條發源自山脈西邊盡頭處的巍峨高峰，向東方奔流的大河，水勢十分湍急又極端不穩定，根本就不用考慮要從河裡游過去，但他們沿著河岸上下察看了一會兒，找到了一個較淺的地方，可以讓他們涉水過去。那轟隆隆、嘩啦啦的水聲，在馬蹄邊翻攪湧動的巨大漩渦，令人神清氣爽的清涼空氣，四處飛竄舞動的蜻蜓，讓沙斯塔心裡感到一種莫名的激動。

「夥伴們，我們已經踏上亞成地嘍！」噗哩說，劈里啪啦涉過激流的河水，奮力登上北邊的河岸，「我想我們剛才涉過的那條河，叫做『彎箭河』。」

「希望我們還來得及。」昏昏喃喃地說。

然後他們開始往上攀爬，山丘十分陡峭，因此他們走得異常緩慢，並經常得迂迴繞路前進。這裡是一整片如公園般的空曠鄉野，放眼所及完全看不到一條道路或是一棟房屋。這裡並沒有茂盛的森林，但到處都有著稀疏的樹叢。沙斯塔這輩子一直都住在幾乎看不到一棵樹的大草原上，他從來沒看過這麼多樹，而且竟然還有這麼多不同的種類。你要是也在那兒的話，就會知道（沙斯塔卻完全不曉得）他看到了橡樹、山毛櫸、銀樺樹、山梨樹，以及甜栗樹。他們往前走去，許多兔子在前方朝四面八方逃竄，過了一會兒，他們又看到一整群淡黃鹿匆匆溜進了樹叢中。

「這裡真是棒透了！」艾拉薇說。

到達第一座山脊時，沙斯塔轉入鞍部，回頭望著後方。太息邦已完全失去蹤影；除了他們剛才走過的狹長綠色縫隙之外，眼前全都是一整片連綿至地平線盡頭的浩瀚沙漠。

「嘿！」他突然說，「那是什麼？」

「什麼是什麼啊？」噗哩說，並轉過頭來。昏昏和艾拉薇同樣也回頭張望。

「那邊，」沙斯塔指著遠方說，「那看起來像是一陣煙的東西。是火嗎？」

「我看那應該是狂風沙。」噗哩說。

「但風沒那麼大呀。」艾拉薇說。

「喔！」昏昏驚呼，「你們看！那陣煙裡面有東西在發亮。你們看！那是頭盔——還有盔甲。它在移動：正朝我們這兒移過來。」

「我以太息神之名發誓！」艾拉薇說，「那絕對就是軍隊。羅八達的軍隊。」

「果然沒錯，」昏昏說，「我擔心的就是這個。快！我們得趕在他之前到達安瓦宮。」她沒再多說一個字，就急忙轉過身來，開始朝北邊拔足狂奔。噗哩揚起頭來，也開始向前奔馳。

「快啊，噗哩，拜託你快一點嘛。」艾拉薇回過頭來大喊。

這對馬兒來說，是一場非常吃力的艱苦競賽。他們每登上一座山脊，就會發現前方還有另一個山谷和另一座山脊在等著他們；他們雖然知道他們走的方向大致沒錯，但沒人曉得到底還得走上多遠，才能抵達安瓦宮。沙斯塔在登上第二座峰頂時，又再度回過頭來張望。他現在所看到的已不再是遠方沙漠的一陣煙塵，而是一大堆如螞蟻般的黑點，在彎箭河對岸附近移動。顯然是正在尋找可涉水的淺灘。

「他們已經到河邊了！」他慌亂地喊叫。

「快！快呀！」艾拉薇大叫，「我們要是不能及時趕到安瓦宮，根本就等於是白來了。跑快一點，噗哩，拜託你跑快一點。別忘了你可是一匹戰馬耶。」

沙斯塔必須拚命忍耐，才沒衝口喊出同樣的話來；他心想：「這可憐的傢伙已經盡了全力了。」所以他什麼也沒說。事實上，這兩匹馬兒雖自認為已盡了全力，但他們並沒有真的擠出最後一絲力氣；這兩件事其實不太一樣。噗哩已趕上昏昏，此刻他們倆正並肩在草地上狂奔。看來昏昏已快要撐不下去了。

就在那一刻，他們背後突然傳來一陣聲響，大家立刻心情大變。那並不是他們原先以為會聽到的聲音——噠噠的馬蹄響、鏗鏘的盔甲聲，其中或許還摻雜了幾聲卡羅門特有的喊殺聲。沙斯塔立刻認出了那個聲音。那就是他們當初在那月光明亮的夜晚，首次遇見艾拉薇和昏昏時所聽到的狺狺怒吼。噗哩也聽出來了。他的雙眼發出紅光，耳朵整個往後平貼到腦袋上。噗哩發現，他其實可以跑得比剛才更快——還可以更快一點。沙斯塔立刻察覺到他的轉變。現在他們才稱得上是使出吃奶的力氣全力以赴。才短短幾秒鐘，他們就把昏昏遠遠拋到後方。

「這真是不公平，」沙斯塔心想，「我**本來**還以為，我們在這兒絕對不會碰到獅子哩！」

他回過頭來。眼前的景象顯得十分清晰。一頭黃褐色的巨獸低伏在地上，用最快的速度在他們背後追趕，看起來彷彿就像是貓兒在看到有陌生野狗闖進花園時，飛快竄過草坪奔向樹木時的模樣。牠迅速朝他們逼近。

他再度望著前方，看到了某個他一時間還看不太懂，甚至連想都沒想到會在這兒出現的東西。一座大約十呎高的平滑綠牆，擋住了他們的道路。在那座牆的正中央，有一扇敞開的門。門口站了一名身材高大，赤著雙腳的男人，他身上穿了一件長達腳踝，顏色如秋天落葉般的長袍，手裡拄著一根筆直的手杖。他的鬍子長得幾乎垂到膝蓋。

沙斯塔只匆匆瞥了一眼，就重新回過頭來。現在那隻獅子就快要趕上昏昏了。牠正張開利口，朝她的後腿喀嗒喀嗒狂咬，而她那張布滿汗珠，雙眼圓睜的馬臉上，已開始露出絕望的神情。

「停，」沙斯塔對噗哩的耳朵吼道，「我們必須折回去。我們得趕去救她們。」

噗哩後來總是辯解說，他當時根本就沒聽到這幾句話，或是沒聽懂沙斯塔在說些什麼；照他平常的表現看來，他可算是一匹非常誠實的馬兒，所以我們必須相信他的話。

沙斯塔將右腳從馬鐙上抬起來，把兩條腿全都跨到馬腹左側，在那可怕的一刻，他只猶豫了百分之一秒，就毅然決然地跳下馬來。他重重跌到地上，差點摔斷了骨頭，但他還來不及感到痛，就立刻踉踉蹌蹌趕過去救艾拉薇。他過去從來沒做過這種事，而他現在也不太清楚自己為什麼要這麼做。

昏昏發出一聲世上最恐怖的聲音：馬兒的尖叫。艾拉薇俯身趴在昏昏的脖子上，看起來好像是想要拔劍。現在他們三個——艾拉薇、昏昏和那隻獅子——就快要跑到沙斯塔面前了。但在他們到達之前，獅子忽然用後腿人立起來，牠是如此龐大，你絕對不會相信世上竟會有這般巨大的獅子。巨獅伸出右爪，抓了艾拉薇一下。沙斯塔可以清楚看到牠那怒張的利爪。艾拉薇尖叫一聲，撲倒在馬鞍上。獅子抓傷了她的肩膀。沙斯塔嚇得幾乎失去理智，反倒跌跌撞撞地直接走向那頭野獸。他身上沒帶武器，甚至連一根棍子，或是一塊石頭都沒有。他像呆子似地朝獅子大喊，彷彿牠只不過是隻小狗似的：「回家！快給我回家！」在那一剎那，他看到了牠那大大咧開的血盆大口。然後他驚訝至極地發現，那頭仍然靠後腿站立的獅子，竟忽然停下來，在地上打了個滾，再重新站起來，飛快地狂奔而去。

在那一瞬間，沙斯塔還不敢相信，獅子真的已經離開了。他轉過身來，奔向緣牆中央的大門，他直到此刻，才猛然回想起，他剛才好像有看到一扇門。腳步踉蹌，差點昏厥過去的昏昏，剛衝進了那扇大門。艾拉薇仍坐在馬鞍上，但她的背已被鮮血染紅。

「快進來，我的女兒，進來吧。」那名身穿長袍，留著鬍子的人正在說，然後當沙斯塔氣喘吁吁地跑到他面前時，他又開口說：「進來吧，我的兒子。」此時這位陌生人已伸手將艾拉薇扶下馬背。

他們踏入了一個正圓形圍場，周遭環繞著一圈高聳的綠色草牆。他前方有一個平靜無波的水潭，潭水滿得幾乎快要溢出地面。在潭邊有一株大樹，濃密的枝椏遮蓋住整個水面，沙斯塔這輩子從來沒看過這麼大這麼美的樹木。水潭後有一棟低矮的小屋，石頭屋頂上覆蓋著又厚又舊的茅草。遠處傳來小羊的咩咩嗚叫，圍場的另一邊有幾隻山羊。平坦的地面上長滿了最鮮嫩的青草。

「你、你、你是，」沙斯塔喘著氣問道，「你是亞成地的半月國王嗎？」

老男人搖搖頭。「不是，」他用平靜的語氣答道，「我是南方邊境的隱士。聽我說，我的孩子，別再浪費時間問問題，趕緊照我的話去做。這名少女受傷了。你的馬兒已累得筋疲力竭。羅八達目前找到了一片可以涉過彎箭河的淺灘。你要是現在一刻也不休息，立刻往前跑的話，你仍然可以及時趕到安瓦宮，去向半月國王示警。」

聽到這些話，沙斯塔的心立刻沉了下來，他現在渾身上下連半點兒力氣也擠不出來了。同時，這個看似既殘酷又不公平的要求，讓他心裡覺得不太舒服。他當時還沒有學到，做一件好事所得到的獎賞，通常都是要你承擔更多的責任，去進行另一項更艱難、更偉大的善行。不過，最後他只開口問了一句：

「半月國王在哪兒？」

隱士舉起手杖指著遠方。「你看，」他說，「那裡有另一扇門，就在你剛才走進來那扇門正對面。打開門，直接往前走去：往前直走，不論遇到平地或是陡坡，平順或是崎嶇的道路，乾燥的沙地或是潮濕的水面，你都得繼續往前直走。根據我所研習的知識判斷，你只要往前直走，就一定能找到半月國王。但你必須不停地奔跑、奔跑，一刻也不能鬆懈。」

沙斯塔點點頭，轉身奔向北邊的大門，一眨眼就失去了蹤影。隱士剛才一直用左手扶著艾拉薇，此時他開始半抱半扶地把她帶到屋子裡去。過了很長的一段時間，他才又走出來。

「好，我的表親們，」他對兩匹馬兒說，「現在輪到你們了。」

沒等他們回答——事實上他們也累得說不出話來——他就動手把他們的轡繩馬鞍全都卸了下來。然後他熟練地替他們擦拭身體，梳理皮毛，甚至連國王的馬夫都不會比他做得更好。

「這就行了，我的表親，」他說，「現在心裡什麼也別想，舒舒服服享受一下吧。這兒有清水和青草。等我替我另外幾位山羊表親擠過奶以後，我會再替你們準備一些熱騰騰的飼料。」

「這位先生，」昏昏終於可以再度發出聲音，「女大公有沒有生命危險？她是不是已經被獅子咬死了？」

「我所研習的知識，雖然能讓我知曉許多目前的事情，」隱士微笑答道，「但對於未來的一切，我了解的並不多。因此我無法預知，到了今晚太陽西沉時，任何一個男人、女人，或是野獸，是否依然還能活在世上。不過，看來情況相當樂觀。這名少女可以跟所有和她同年齡的人活得一樣久。」

當艾拉薇甦醒時，她發現自己是在一個四周全都是光禿禿石牆，幾乎看不到任何家具的涼爽房間中，趴在一張非常柔軟的矮床上。她一時間搞不懂自己為什麼要趴著，但是她才剛試著想要翻身，整個背部就立刻感到一陣燒灼般的劇痛，於是她這才恍然大悟，全都想起來了。她不曉得這張彈性十足的舒服矮床是用什麼材質做的，因為這張床是用石南（最佳的草墊材料）鋪成，而她這輩子不僅從來沒見過石南，甚至連聽都沒聽過哩。

屋門忽然敞開，隱士手裡端著一個大木碗走了進來。他小心翼翼地放下碗，走到床邊問道：

「妳現在覺得怎麼樣，我的女兒？」

「我的背痛得要命，長老，」艾拉薇說，「但其他都還好。」

他跪下來，用手按住她的額頭，替她量脈搏。

「沒發燒，」他說，「妳會好起來的。依我看，妳明天就可以下床了。現在先把這些喝下去吧。」

他端起木碗，湊到她的唇邊。艾拉薇一嚐到味道，就忍不住扮了個鬼臉，因為對沒喝慣羊奶的人來說，那股臊味的確會讓你嚇一跳。但她嘴巴乾得要命，所以她還是把整碗全都喝得精光，喝完之後，她感到舒服了一些。

「好了，我的女兒，妳想睡就睡吧，」隱士說，「我已經把妳的傷口清理乾淨並包紮妥當，傷口雖然痛得厲害，但不會比鞭傷嚴重多少。那頭獅子還真古怪哩，居然沒把妳從馬背上抓下來，用利齒咬妳，只不過用爪子在妳背上劃了一下。正好十道抓痕：痛是痛，但傷口並不深，也沒什麼危險。」

「哎呀！」艾拉薇說，「我運氣**真是**太好了。」

「孩子，」隱士說，「我到目前為止，已在這世界上度過了一百零九載寒冬，可從來不曉得什麼叫做運氣。關於這回事，其中必然有某種我不了解的道理在；不過，若是有必要了解的話，我們總有一天會曉得的。」

「那羅八達和他那兩百名人馬呢？」艾拉薇問道。

「我想他們不會經過這裡，」隱士說，「他們現在必然已在我們東邊遠處，找到了一片淺灘。他們會直接從那兒奔向安瓦宮。」

「可憐的沙斯塔！」艾拉薇說，「他得走很遠嗎？他會比他們先到嗎？」

「情況相當樂觀。」老男人說。

艾拉薇再度躺下來（這次她是側躺），並說：「我是不是睡了很久？天好像快黑了。」

隱士透過房中唯一那扇面北的窗戶望出去。「這並不是夜晚帶來的黑暗，」過了一會兒，他才開口說，「『風暴頭』降下的濃雲，正在朝這裡逼近。我們這兒的壞天氣，全都是受到那個區域的影響。看來今晚會起大霧了。」

到了第二天，艾拉薇除了背還在發疼之外，全身都舒暢至極，吃過早餐後（麥片粥和奶油），隱士表示她可以下床了。她自然馬上跑出去找馬兒說話。天氣已經放晴了，整個綠色的圍場，彷彿就像是一個盛滿陽光的大綠杯。這是一個非常安詳的地方，遺世獨立而又清雅靜謐。

昏昏立刻跑過來迎接艾拉薇，用馬嘴親了她一下。

「噗哩到哪兒去了？」在她們倆互相探聽過彼此的健康情形與睡眠狀況之後，艾拉薇開口問道。

「就在那兒，」昏昏用鼻子指著圍場最遠處的角落說，「我希望妳能過去跟他聊一聊。他不太對勁，我勸了老半天，他硬是連一聲都不吭。」

她們散步越過圍場，看到噗哩面對著牆躺在地上，想必早已聽到她們走過來的聲音，但他並沒有回頭，也沒出聲打招呼。

「早安，噗哩，」艾拉薇說，「早上過得還不錯吧？」

噗哩低聲咕噥了幾句，但聲音小得根本聽不清。

「隱士說，沙斯塔大概可以及時趕到半月國王面前，」艾拉薇說，「所以呢，看來我們所有的問題全都解決了。我們終於可以到納尼亞去了耶，噗哩！」

「我這輩子再也看不到納尼亞了。」噗哩低聲說。

「你沒事吧，親愛的噗哩？」艾拉薇說。

噗哩終於轉過頭來，臉上流露出馬兒特有的悲傷神情。

「我要回卡羅門去。」他說。

「什麼？」艾拉薇說，「回去做奴隸嗎？」

「是的，」噗哩說，「像我這種馬，就只配做奴隸。我哪還有臉去見那些自由的納尼亞馬兒？——我拋下一匹母馬、一個女孩，和一個男孩，讓他們去餵獅子，自己卻拚命向前跑，好拯救我這副臭皮囊！」

「我們大家全都在跑著逃命呀。」昏昏說。

「沙斯塔就沒有！」噗哩噴著鼻息說，「至少他跑對了方向：跑回去。這就是我覺得最丟臉的地方。我厚臉皮地自稱為戰馬，老愛吹噓自己參加過上百場戰役，結果卻連一個人類小男孩還不如——一個小孩子，一頭小獸，他這輩子從來沒握過一把劍，也沒受過良好的教養，甚至連個好榜樣都沒見過哩！」

「這我懂，」艾拉薇說，「我也有同樣的感覺。沙斯塔實在是太棒了。而我呢，就跟你一樣丟臉，噗哩。從我們相遇開始，我就一直瞧不起他，成天對他大呼小叫，故意冷落他，結果現在卻發現，他的心地比我們所有人都要高尚。但我認為，回卡羅門去，還不如留下來，好好向他道歉。」

「妳當然是無所謂啦，」噗哩說，「妳可沒像我這麼丟臉。但我已經失去一切了。」

「我的好馬兒，」隱士說，大家全沒注意到他是什麼時候走過來的，他的赤腳踏在沾滿露珠的柔順青草上，幾乎沒發出任何聲響。「我的好馬兒，除了你的自大之外，你其實什麼也沒失去。別這樣，千萬別這樣，我的好表親。別氣沖沖地把耳朵垂到腦後，朝我猛甩鬃毛。你要是真像你在一分鐘之前，說得那麼謙虛的話，那你應該已經學會去聽別人講道理才對。你生活在那些可憐的啞巴馬之中，養成了你驕傲自大的性格，但你其實並沒有你想像中那麼偉大。當然啦，你的確是比**牠們**勇敢一些，也聰明多了。你天生就比牠們強。可惜這並不代表，你在納尼亞也會顯得同樣出色。但只要你認清，你其實沒什麼特別，那麼不論是就整體，或是從各方面看來，你都可以算是一匹相當不錯的馬兒。好，現在你們兩位，和我其他那些四條腿的表親們，要是肯到廚房門前來轉轉，我們就可以把剩下另一半飼料給解決掉。」

11
不受歡迎的旅伴

他哭了好一陣子，然後他突然猛然一驚，嚇得收住了眼淚。
沙斯塔發現，有某個人，或是某個東西，現在就跟在他身邊。
四周一片漆黑，他什麼也瞧不見……

沙斯塔一衝出大門，就看到一道草坡，和一株連接上方樹叢的小石南。他現在什麼也不用想，也不必做任何計畫：他只要沒頭沒腦地往前跑就行了，但光只是這樣就夠他受的了。他的四肢顫抖，腹脅開始陣陣劇痛，汗水不斷淌落到他的眼睫上，使他視線模糊，雙眼刺痛。他現在連站都站不穩，有一、兩次還差點因此踩到鬆脫的石頭而扭傷腳踝。

樹叢現在變得比先前濃密多了，而較空曠的地面，開始出現了蕨類植物。太陽此時已躲到雲層後方，但天氣並沒有因此而變得涼爽一些。這是個悶熱的陰天，蒼蠅似乎比平常多出一倍。沙斯塔的臉上沾滿了蒼蠅，但他甚至懶得費神把牠們甩掉——他有更重要的事情要做。

他突然聽到了一聲號角聲——並不是太息邦那種讓你膽戰心驚的洪亮聲響，而是一種愉快的呼喚，滴—啦—嘟—嘟—呵！接著他就踏入一片寬敞的林中空地，遇到了一大群人。

沙斯塔覺得這裡看起來人很多，但事實上總共就只有十五到二十個人，他們全都是帶著駿馬、身穿綠色獵裝的紳士；有些人騎在馬背上，有些人站在馬兒旁邊。在人群正中央，有個人正抓住馬鐙，好讓另一個男人爬上馬背。而那個正準備上馬的男人，有著一張圓滾滾的蘋果臉，雙眼閃閃發亮，你絕對想不到，世上竟會有一位像他這麼愉快、這麼富態的國王。

沙斯塔一出現，這位國王就完全忘了要上馬。他立刻對沙斯塔敞開雙臂，面露喜色，用一種發自丹田的渾厚嗓音喊道：

「柯林！我的寶貝兒子！怎麼用走的呢？而且還穿得這麼破爛！到底——」

「不，」沙斯塔搖搖頭，氣喘吁吁地說，「我不是柯林王子。我、我、我知道我跟他長得很像……我在太息邦跟王子殿下碰過面……他要我代他問候你。」

國王盯著沙斯塔，臉上露出古怪的神情。

「你就是半——半月國王嗎？」沙斯塔喘著氣問道。他沒等國王回答，就又開口說：「國王陛下——快跑——回安瓦宮去——關上城門——敵人就要來了——羅八達和他的兩百名騎兵。」

「你確定嗎，孩子？」一名紳士問道。

「這是我親眼看到的，」沙斯塔說，「我親眼看到他們趕過來。我從太息邦開始，就一路跟他們賽跑。」

「用走的嗎？」那位紳士微微挑起眉毛問道。

「是騎馬——馬兒留在隱士那兒。」沙斯塔說。

「別再多問了，戴霖，」半月國王說，「我看得出他沒有撒謊。我們必須立刻趕回去，紳士們。把那匹備用馬兒牽過來，給這個男孩騎。你可以騎馬快跑嗎，朋友？」

沙斯塔回答是，連忙一腳踏上那匹備用馬的馬鐙，輕鬆俐落地登上了馬鞍。在過去幾個禮拜中，這個上馬的動作他已經跟噗哩一起練習過上百次了，因此他現在的身手，跟第一次學習如何上馬，結果卻被噗哩奚落說他活像是在爬乾草堆時的慘況比起來，可說是有天壤之別。

戴霖大人對半月國王說了一句話，讓沙斯塔覺得非常開心：「這孩子的姿勢真是漂亮，陛下。我敢擔保他一定有貴族的血統。」

「他的血統，沒錯，重點就在這兒。」國王說。他又再度用那種古怪的神情盯著沙斯塔，而他那對鎮定的灰色雙眼，散發出一種幾乎可說是渴望的光芒。

大家全都一起出發上路，驅使馬兒用輕快的步伐往前跑去。沙斯塔的姿勢雖然漂亮，但他難過地發現，他完全不曉得該如何使用韁繩，他騎在噗哩背上的時候，從來就沒有碰過韁繩。他小心翼翼地用眼角偷看其他人，看他們是怎麼做的（就好像我們參加宴會，卻搞不清該怎麼使用刀叉時的情形一樣），然後再試著把手挪到正確的位置。他根本不敢真的去指揮馬兒，但他確定牠一定會跟著隊伍走。這匹馬兒自然並不是能言馬，只是一匹平凡的騎用馬，但牠仍然有足夠的智慧察覺到，這個騎在牠背上的陌生男孩，身上既沒有馬鞭也沒有刺馬釘，而且也沒有真的在指揮牠前進。所以過沒多久，沙斯塔就落到了隊伍最後方。

但牠走得還算是挺快的。現在四周已看不見一隻蒼蠅，空氣也變得清新芳香。現在他的呼吸已恢復正常，他的任務也已經圓滿達成。這是他到達太息邦以後，（那似乎是好久好久以前的事情了！）第一次開始有心情欣賞周遭的美景。

他抬起頭來，想看看他們現在距離山頂還有多遠。他失望地發現，根本就看不到山頂，只看到一團朦朧的灰霧，從上方朝他們湧過來。他以前從來沒到過荒僻的山區，這幅情景不禁令他嘖嘖稱奇。「這是雲耶，」他喃喃自語，「從山上降下來的雲。我懂了。這麼高的山，其實就等於是在天空上了嘛。我就快要可以看到雲裡面是什麼模樣嘍。好好玩唷！我一直都覺得很好奇，好想看呢。」他左後方那輪巨大的夕陽，已開始漸漸西沉了。

他們此時已踏上一條崎嶇不平的道路，正在快馬加鞭地急急趕路。但沙斯塔的馬兒依然殿後。途中有一、兩次，當前方出現轉角時（現在道路兩旁都是一望無際的蓊鬱森林），他會有一、兩秒的時間，完全看不到其他的同伴。

然後他們就躥進濃霧之中，或者該說是，滾滾濃霧湧過來包圍住他們。世界變成一片灰暗。沙斯塔以前並不曉得，雲裡面有多冷多濕，又有多漆黑。周遭的暗灰正以驚人的速度迅速變為全黑。

隊伍前方有某個人，每隔不久就會吹響號角，而每次聲音都顯得比之前稍稍遠一些。他現在已經完全看不到其他人了，但他相信，他只要能繞過下一個轉角，很快就可以再見到他們。但等他繞過轉角之後，卻發現他們依然不見蹤影。事實上，他現在根本什麼都看不見了。他的馬兒依然在慢吞吞地散步。「快啊，馬兒，拜託你走快一點。」沙斯塔說。然後又傳來一聲號角聲，但這次卻變得非常微弱。噗哩過去老是告誡他，叫他腳後跟一定要保持向外，所以這讓沙斯塔覺得，他的腳後跟要是不小心戳到馬兒的腹側，必然會遭受慘痛的後果。但現在看來，他似乎不得不冒險一試了。「聽我說，馬兒，」他說，「你要是再不打起精神來，你知道我會怎麼做嗎？我就要用腳跟戳你嘍，我說到做到。」但那匹馬兒對他的威脅完全無動於衷。於是沙斯塔只好把身子坐穩，膝蓋夾緊，然後咬緊牙關，用腳後跟使勁朝馬兒的腹側狠狠戳了一下。

但這只讓馬兒忽然敷衍似地往前小跑了五、六步，接著又重新開始慢吞吞地踱步。現在天已接近全黑，而前面的人似乎也不再吹響號角了。四周一片死寂，只聽得見水珠從樹枝上滴落下來的答答聲。

「算了，我想就算是用走的，總有一天也會到達某個地方吧，」沙斯塔告訴自己，「我只希望千萬別撞見羅八達和他的爪牙。」

他繼續用散步的速度往前走，感覺上彷彿走了許久許久。他開始生那匹馬兒的氣，同時也開始感到肚子餓得要命。

不久之後，他走到了一個分岔路口。他才剛開始猜想，究竟哪邊才是通往安瓦宮的道路時，他背後就傳來一陣聲響，把他嚇了一大跳。那是馬群奔跑的噠噠聲。「羅八達！」沙斯塔心想。他完全猜不到羅八達會走哪一條路。「但我要是隨便選一條路走，」沙斯塔告訴自己，「他**說不定**會走另一條路；而我要是呆呆站在路口的話，就**一定**會被他逮到。」他連忙從馬背上溜下來，拉著馬兒急匆匆地踏上右邊的道路。

騎兵隊的馬蹄聲迅速逼近，才短短一、兩分鐘，沙斯塔就聽出他們已經到達了分岔路口。他屏住氣息，等著聽他們會走哪一條路。

接著忽然響起一聲低沉的命令——「停！」然後又是一陣馬兒特有的聲響——噴鼻息，抓地面、咬銜鐵、拍脖子的聲音。然後有個嗓音開始說：

「大家注意聽好，」他說，「我們現在再往前走兩百多碼路，就可以抵達城堡了。別忘了我給你們的命令。等我們按照預定計畫，於日出時踏入納尼亞國土之後，你們絕不准輕易傷害任何一條性命。在這場冒險行動中，你們必須將納尼亞人的一滴鮮血，看得比你們自己一加侖鮮血還要珍貴。我指的是**這場**冒險行動，神明將會站在我們這一邊，那時你們就可以高高興興地大開殺戒，讓凱爾帕拉瓦宮和西方荒野之間的土地上，完全找不到一個活口。但我們目前尚未踏入納尼亞。而在亞成地這裡呢，我們的做法又大不相同。在這場偷襲半月國王城堡的突擊行動中，最重要的就是速度。對我展現出你們的英雄氣概吧。我要在一個鐘頭之內攻下安瓦宮。而它若是順利落入我的手中，我會把它全都賜給你們享用。我絕不會把任何戰利品納為己有。替我把城牆內的所有蠻族男人全都殺得精光，連昨天才出生的嬰兒也不要放過，其他一切，就全都任由你們瓜分——女人、金銀珠寶、武器和美酒。等我們到達城門前，若是有任何人膽敢畏縮不前，我就要讓他嘗嘗活活被燒死的滋味。奉神威無敵且鐵面無私的太息神聖名——前進！」

在一陣響亮的噠噠、噠噠聲中，軍隊再度開始向前移動，而沙斯塔吁了一口氣。他們走的是另一條路。

沙斯塔覺得自己等了非常久，敵人才好不容易全數通過。這是因為，他雖然成天把什麼「兩百名騎兵」掛在嘴邊，腦袋裡也常常想到這幾個字，但他其實對於這個數字沒什麼概念。馬蹄聲終於漸漸遠去消失，此處又只剩下他孤零零一個人，四周一片死寂，只聽得見水珠自樹梢滴落的答答聲。

他雖然已經知道該怎麼走到安瓦宮，但他現在自然已經不能去了：這樣他就會跟羅八達的騎兵隊撞個正著。「我到底該怎麼辦？」沙斯塔喃喃自語。他重新爬上馬背，沿著他剛才選的那條路繼續往前走，期望能碰運氣找到一間小屋，好讓他暫時棲身，討點兒東西吃，但他心裡也曉得希望十分渺茫。當然啦，他是有想到要返回隱士家，去找艾拉薇、噗哩和昏昏，但他現在甚至根本做不到，他已經迷路了，完全不曉得該怎麼回去。

「算了，」沙斯塔說，「反正沿著路往前走，總會到達某個地方。」

不過，這完全要看你所謂的某個地方，究竟是什麼意思。就某方面來說，他們的確是不斷地到達某個地方，只不過這些地方的樹林變得越來越濃密，看起來黑壓壓的，還滴滴答答地滴著水，而且周遭的空氣也開始變得越來越冷了。一陣陣陰森的寒風掠過他身邊，但總也吹不散周遭的霧氣。他若是對山區相當熟悉的話，就會曉得，這代表他目前所在的位置非常高——也許就在隘路最高處。但沙斯塔對山區一無所知。

「我**真的**覺得，」沙斯塔說，「我是全世界有史以來最倒楣的男孩。其他人全都過得好好的，就只有我一個人受災受難。那些納尼亞的貴族和女士們，全都安全逃離了太息邦；只有我一個人被拋下。艾拉薇、噗哩和昏昏，全都舒舒服服地跟那個老隱士待在一塊兒；而苦差事自然全都落到我頭上。半月國王和他的手下想必早在羅八達到達之前，就已經安全返回城堡，並緊緊關上城門，而我卻一個人孤零零待在荒郊野外。」

他感到筋疲力竭，肚子又餓得要命，他覺得自己真是可憐透了，忍不住悲從中來，眼淚沿著面頰滾落下來。

他哭了好一陣子，然後他突然猛然一驚，嚇得收住了眼淚。沙斯塔發現，有某個人，或是某個東西，現在就跟在他身邊。四周一片漆黑，他什麼也瞧不見。而那個東西（或是那個人）動作很輕，幾乎完全聽不到腳步聲。他只能聽到它的呼吸聲。他這位看不見的同伴，吸氣和呼氣的量似乎都很大，這讓沙斯塔認為，它必然是一種非常龐大的生物。而且他注意到，呼吸聲十分平穩順暢，可見這東西不曉得已經在他身邊待多久了。他不禁嚇得魂飛魄散。

他突然想到，他在很久以前聽說過，有巨人住在這些北方國家。他嚇得咬住嘴唇。他現在雖有真正值得哭的理由，卻反倒不哭了。

那個跟在他旁邊走的東西（實在不太像是人）實在太過安靜，沙斯塔心中不禁燃起一絲希望，但願這一切全都是他的想像。但就在他感到相當確定，根本什麼也沒有，純粹是自己嚇自己時，他身邊的黑暗中，忽然響起一聲低沉渾厚的嘆息。這次絕對不可能是想像！況且，他還清楚地感覺到，有一股溫熱的氣息吹到他凍僵的左手上。

要是他那匹馬兒還有點用處——或者該說是，他要是有辦法讓牠發揮用處的話——他就會不顧一切地冒險脫逃，趕緊驅使馬兒狂奔逃命。但他知道自己有多少能耐，他根本沒辦法讓那匹馬兒狂奔。所以他只好繼續慢吞吞地往前走，而那名看不見的同伴，也跟著他一起往前走，並發出徐緩的呼吸聲。最後沙斯塔覺得他再也受不了了。

「你是誰？」沙斯塔問道，他的聲音細得像蚊子叫。

「一個一直在等你開口講話的同伴。」那個東西說。它的嗓音並不大，但非常渾厚洪亮。

「你是——你是巨人嗎？」沙斯塔問道。

「可以這麼說，」那個洪亮的嗓音答道，「但我並不是你們稱之為巨人的那種生物。」

「我完全看不到你。」沙斯塔瞪大眼睛望了一會兒，才開口說。然後（他腦中閃過一個更恐怖的念頭）他忽然尖聲喊道：「你該不會——該不會是**鬼**吧？喔，求求你——求求你快點走開。我又沒害過你。喔，我真是全世界最倒楣的人！」

他又再度感到那個東西溫熱的氣息，吹到了他的手上和臉上。「你感覺一下，」它說，「這並不是鬼的氣息。把你的心事告訴我吧。」

這股溫熱的氣息，讓沙斯塔感到放心了一些，於是他開始述說自己的身世，說他從來不曉得自己的親生父母是誰，自小是被嚴厲的漁夫撫養長大。然後又開始敘述他的逃亡旅程，描繪他們如何被獅子追逐，被迫泅水逃命；述說他們在太息邦所遭遇的種種危險處境，他在墓地中過夜的情形，以及自沙漠中傳來的野獸吼聲。他提起沙漠之旅中所經歷的灼熱與乾渴，而他們在即將到達目的地時，又有另一頭獅子追逐他們，並抓傷了艾拉薇。另外他也提到，他已經有多久沒吃東西了。

「我並不認為你倒楣。」那洪亮的嗓音說。

「你難道不覺得，只有運氣奇差的人，才會一連遇到那麼多獅子嗎？」

「從頭到尾就只有一頭獅子。」那個嗓音說。

「你這話是什麼意思？我不是告訴你，在第一天晚上，我們就遇到至少兩隻獅子嗎？而且——」

「只有一隻獅子：但他腳程很快。」

「這你怎麼會曉得？」

「我就是那隻獅子。」沙斯塔驚訝地張大嘴巴，而那個嗓音繼續說下去，「我就是那隻逼迫你與艾拉薇相遇的獅子。我就是那隻在死者居所中撫慰你的貓兒。當你沉睡時，是我替你驅趕胡狼。在你們走到最後一哩路時，是我讓馬兒嚇得硬擠出最後一絲力氣，好讓你能及時趕去向半月國王示警。而你並不記得，當你還是個小嬰兒，奄奄一息地躺在船上時，是我把船推到岸邊，讓一名深夜坐在岸邊的男人收容了你。」
「所以說，是你抓傷了艾拉薇？」
「是我。」
「為什麼？」
「孩子，」那個嗓音說，「我現在對你述說的是你自己的故事，並不是她的故事。我向來只對人述說他自己的故事。」
「你**到底**是誰？」沙斯塔問道。
「我自己。」那個嗓音答道，聲音低沉渾厚得連大地都為之撼動；接著又說了一聲：「我自己。」這次卻是嘹亮清晰，並充滿了歡樂的意味，然後又是第三聲「我自己」，聲音幾乎細不可聞，卻彷彿像樹林的沙沙呢喃一般，在四周迴盪不已。
沙斯塔已不再害怕這嗓音是屬於某種會把他吃掉的怪物，或是嚇人的鬼魂了。但此時卻有一股全然不同的戰慄竄遍了他的全身。他內心充滿了喜樂。
周遭的霧氣已由漆黑轉為暗灰，再從暗灰轉為潔白。這種轉變想必已持續好一陣子了，但剛才他忙著跟那個東西談天，其他事情全都沒注意到。此刻他周遭的白霧，已變成了耀眼的白光，眩得他連連眨眼。他可以聽到前方傳來鳥兒的鳴唱。他知道夜晚終於宣告結束。他現在可以清楚地辨識出馬兒的鬃毛、耳朵和頭顱了。一道金色的光芒自左方落到他們身上。他想那應該是陽光。

他轉過頭來，而他看到那隻正在他身邊來回踱步，身軀比馬兒龐大許多的生物，果真是一頭獅子。馬兒好像一點也不怕牠，或者也可能是根本就看不到牠。金光是從獅子身上發出來的。世上從沒有任何人看過如此駭人，卻又如此美麗的一幅景象。

幸運的是，沙斯塔這輩子都生活在卡羅門國的偏遠南方地區，所以他從來沒聽過那些在太息邦口耳相傳的故事：有一個可怕的納尼亞魔鬼，會以獅子的形貌出現。而他自然也對亞斯藍，那頭偉大的獅子，陸上大帝的親生子，納尼亞王國的萬王之王的種種真實事蹟，完全一無所知。但他只瞥了獅子的面孔一眼，就忍不住跳下馬背，匍匐在牠的腳前。他完全說不出話來，但接著又感到他什麼也不想說，同時他知道根本什麼也不用說。

萬王之王對他俯下身來。牠的鬃毛，以及牠鬃毛特有的一股奇異而聖潔的香氣，包裹住他的全身。牠用舌頭輕觸他的額頭。他抬起面孔，迎上牠的視線。然後霧氣微弱的白光，和獅子那耀眼的光芒在瞬間融為一體，轉變成一團光輝湧動、燦爛無比的光芒，迅速升向高空消失無蹤。他獨自站在蔚藍晴空下，一片青草遍布的山坡上。遠方有鳥兒在鳴唱。

12

沙斯塔在納尼亞

沙斯塔慢慢從人潮中擠過去，

他看到了滿面怒容的愛德蒙國王，和顯得有些不好意思的柯林，

另外還有一個他不認識的矮人滿臉痛苦地坐在地上。

旁邊有兩個人羊，幫忙他脫下了盔甲。

「我是在做夢嗎？」沙斯塔心想。但這絕不可能是夢，因為他看到，前方的草地上，有一個又大又深的獅子右爪印。只要一想到，要有多麼龐大的體型，才能印出這樣的腳印，就使人不由得倒抽一口氣。但除了這腳印的規模之外，還有另一件更令人驚訝的事情。在他看到腳印的時候，腳印底部就已盛滿了清水。水很快就滿出來，溢到外面，形成一條小溪，流淌過他身邊，越過草地朝山下流去。

沙斯塔俯下身來喝水——痛快暢飲了一番——然後把臉浸到水中，再把水潑到頭上。溪水十分清涼，如玻璃一般澄澈明淨，使他精神立刻為之一振。他站起來，甩掉耳朵上的水珠，掠開額前的濕髮，開始察看周遭的環境。

現在顯然還是清晨。太陽才剛從他右下方遠處的森林冒出頭來。他眼前呈現出一幅他從未見過的鄉野風光。這是一片點綴著樹叢的青翠谷地，他透過樹林縫隙，看到一條晶瑩閃爍的河流，朝西北方蜿蜒流去。山谷盡頭是一片多岩的高丘，但比他昨天看到的山巒要矮多了。他想搞清楚自己現在究竟身處何方。他回過頭來，望著後方，發現他此刻所站的這道山坡，原來是屬於一座更加高聳的山脈。

「我曉得了，」沙斯塔自言自語，「這裡就是位於亞成地和納尼亞兩國之間的大山脈。我昨天是在山的另一邊。我想必是在昨夜穿越山隘走到了這裡。我居然糊裡糊塗碰對了路，實在是運氣太好了！——其實也不能算是運氣啦，是他幫了我的忙。現在我已經到達納尼亞了。」

他轉過頭來，卸下馬鞍，再把韁繩也取了下來——「你這匹馬兒還**真是**糟糕透頂。」他說。馬兒對這句評論毫無反應，立刻開始吃青草。這匹馬兒非常瞧不起沙斯塔。

「真希望我也能吃青草！」沙斯塔心想，「現在不能去安瓦宮，那兒已經被軍隊包圍住了。我最好還是往山谷下走，看能不能在那兒找點兒東西吃。」

於是他往山下走去（他的光腳丫踏在潮濕的露水上，感到冰得要命），踏入了一片樹林。樹林中有一道羊腸小徑，他才沿著小徑往前走了幾分鐘，就聽到一個粗啞濁重，還有些咻咻氣喘的嗓音對他說：

「早安，鄰居。」

沙斯塔急急回過頭來，想看看說話的人是誰，過了一會兒，他看到一個渾身是刺、臉孔漆黑的小人，從樹林中走出來。他若是人類的話，身材實在矮小得不像話，但他其實是一隻豪豬，而他在同類中，體型可算是大得嚇人哩。

「早安，」沙斯塔說，「但我不是你的鄰居。說實話，這是我第一次到這兒來。」

「嗄？」豪豬狐疑地哼了一聲。

「我是越過山脈來的——從亞成地那兒來的。」

「啊，亞成地，」豪豬說，「那可得走好長一段路哪。那兒我從來沒去過呢。」

「還有，」沙斯塔說，「我想去通知這裡的人，有一支卡羅門國的軍隊，現在正在攻打安瓦宮。」

「不會吧！」豪豬說，「哎呀，你自己想想看嘛。大家全都說，卡羅門王國位於世界的盡頭，離我們這兒有好幾千哩遠，而且中間隔了一大片沙漠呢。」

「其實沒你想像中那麼遠，」沙斯塔說，「安瓦宮目前情況危急，你們是不是該趕快想點辦法？要不要去稟告你們的大帝？」

「當然要啦，一定得想點辦法才行，」豪豬說，「但你看看，我現在正準備回家去，好舒舒服服打個盹呢。哈囉，鄰居！」

最後一句話是對一隻灰棕色的巨兔說的，他剛剛才神不知鬼不覺地從路邊探出頭來。豪豬馬上把他從沙斯塔那裡聽來的消息告訴兔子。兔子也認為這是個非常驚人的消息，一定得趕緊找某個人，去通知某位重要人士，好設法做點事才行。

消息就這樣迅速傳開。每隔幾分鐘，就會有某個別的生物加入他們的陣營，有的是從他們頭上的樹枝上溜下來，有的是從他們腳邊的地底小屋爬出來，最後總共聚集了五隻兔子、一隻松鼠、兩隻鵲、一個人羊和一隻老鼠，大家全都在七嘴八舌地熱烈討論，而他們一致認為豪豬的看法沒錯。事實上，在那女巫與冬季都已遠離，由彼得大帝在凱爾帕拉瓦宮治理天下的黃金年代，居住在納尼亞王國樹林中的小老百姓，日子過得實在太過幸福安逸，以至於態度開始變得有些輕忽。

但過了一會兒，總算有兩位比較實際的人走進了這片小樹林。一個是名字叫做毛呢的紅矮人。另一個是一頭高貴莊嚴的美麗雄鹿，他有著一雙水汪汪的大眼睛，腹側布滿圓形斑點，而他的腿是如此纖細優雅，彷彿只要用兩根手指頭就可以折斷。

「哎呀，這是怎麼搞的！」矮人一聽到消息，就厲聲咆哮，「要真是這樣的話，那我們幹嘛還杵在這兒，嘮叨個沒完啊？有敵人在攻打安瓦宮耶！得立刻派人去凱爾帕拉瓦宮稟報消息。必須立刻召集軍隊，納尼亞非得趕去援助半月國王不可。」

「啊！」豪豬說，「可是大帝不在宮裡呀。他到北方去痛宰那些可惡的巨人了。說到巨人嘛，我的好鄰居，我就想到——」

「要派誰去通報消息？」矮人打斷他的話，「這兒有誰腳程比我還快嗎？」

「我比較快，」雄鹿說，「我該怎麼通報？卡羅門總共派出多少軍隊？」

「有兩百名騎兵：領軍的是羅八達王子。還有——」但話還沒說完，雄鹿就已經離開了——他的四條腿立刻騰空躍起，才一會兒，他那白色的臀部就已竄進遠方的樹叢，失去了蹤影。

「天曉得他要上哪兒去，」一隻兔子說，「他就算趕到凱爾帕拉瓦宮，也見不著大帝啊。」

「但他可以見到露西女王呀，」毛呢說，「然後呢——嘿！這個人類是怎麼啦？他的臉色好難看喔。哎呀，我看他身體虛得很。說不定是餓壞嘍。你上一餐是什麼時候吃的，小伙子？」

「昨天早上。」沙斯塔有氣無力地答道。

「來，快跟我來，」矮人說，並馬上伸出他那肥短的小手，抱住沙斯塔的腰，免得他摔倒，「真是的，鄰居們，我們可真是丟臉丟到家了！你趕緊跟我來，小朋友。吃早餐去嘍！省得在這邊囉嗦。」

矮人一面叨叨數落自己，一面手忙腳亂地扶起沙斯塔，半推半拉地領著他以最快的速度往下坡走去，進入樹林深處。以沙斯塔目前的狀況來說，這段路實在是長了些，就在他開始雙腿打顫，連站都站不太穩時，他們終於走出樹林，來到一片光禿禿的山坡上。這裡有一棟小房子，大門敞開，煙囪冒出裊裊炊煙，一走到門口，毛呢就揚聲喊道：

「嘿，兄弟們，有客人來吃早餐嘍。」

屋中立刻響起一陣煎食物的嗞嗞聲，而沙斯塔聞到了一股非常好聞的香味。他這輩子從來沒聞過這種味道，但我想你應該聞過。那是把培根、雞蛋和蘑菇，全都一起放到鍋子裡煎所散發出的香味。

「小心你的頭，小伙子，」毛呢說得太遲了，沙斯塔已一頭撞上低矮的門楣，「好了，」矮人接著說，「自己找位子坐吧。這桌子對你來說太矮了，凳子也矮了點兒。這就行了。這是你的麥片粥——還有一罐奶油——湯匙在這兒。」

等沙斯塔吃完麥片粥，矮人的兩個兄弟（名字分別叫做羅金和磚拇指）就開始把一個裝滿培根、雞蛋和蘑菇的盤子、一壺咖啡和熱騰騰的牛奶，以及吐司麵包擱到餐桌上。

這些食物對沙斯塔來說不僅十分美味，而且他根本從來沒嚐過，因為卡羅門的飲食跟這裡不太一樣。他這輩子從來沒看過吐司麵包，所以他不曉得那一片片褐色的怪東西究竟是什麼。他也不知道那種又黃又軟，矮人用來抹麵包吃的東西，到底是什麼玩意兒，因為在卡羅門國，大家幾乎全都是用油代替奶油來抹麵包吃。而這棟房子本身，跟厄西西那陰暗悶熱，充滿魚腥味的小屋，或是太息邦宮殿中那些有著梁柱，鋪著地毯的華麗廳堂，也大不相同。這裡的天花板非常低矮，所有的物品都是木頭製成，另外還有一個咕咕鐘、一張紅白格子桌布、一盆野花和一扇鑲上厚玻璃，掛著小窗簾的窗戶。此外，矮人的杯盤刀叉，也讓沙斯塔用得很不順手。這表示他每次都只能取一點點食物，不過呢，反正他愛拿幾次就拿幾次，所以他的杯盤總是裝得滿滿的，而矮人們自己也老是在唸個不停：「請把奶油拿給我。」或是「再來一杯咖啡。」或是「我還想再多吃一點蘑菇。」或是「再煎個蛋吧？」最後等大家全都撐得再也吃不下了，三個矮人就抽籤看輪到誰來洗餐盤，而羅金不幸中獎。然後毛呢和磚拇指就帶沙斯塔走到屋外，坐到牆邊的長椅上，他們全都伸長腿，發出一聲滿足的嘆息，兩個矮人點燃菸斗。草地上的露珠已經消失，陽光溫暖明亮；事實上，若不是有陣陣輕風拂來的話，天氣可說是十分炎熱。

「聽著，陌生人，」毛呢說，「現在讓我來對你介紹一下這兒的地勢。在這兒你幾乎可以看到納尼亞整個南區的景象，我們對這兒的風景可是感到挺自豪的唷。你往左邊看過去，可以越過那些較近的山丘，看到高聳的西方山脈。你右邊那座圓丘呢，是叫做石桌丘。而就在——」

但說到這裡，他就被沙斯塔的鼾聲打斷。沙斯塔昨天辛苦奔波了一整夜，又剛吃了頓美味的早餐，終於忍不住沉沉睡去。這兩位好心的矮人一發現他睡著，就趕緊互相比手勢，提醒對方別去吵他，不過呢，他們總免不了說幾句悄悄話，互相點頭示意，再輕輕站起身來，躡手躡腳地走開，就這樣忙了好一陣子，而沙斯塔若不是太累的話，肯定會被他們給吵醒的。

他幾乎昏睡了一整天，中間只起來吃了頓晚餐。屋子裡的床對他來說都太小了，但他們在地板上用石南替他鋪了一張舒適的床，他安安穩穩地熟睡了一夜，甚至連一個夢也沒做。到了第二天早上，他們才剛吃完早餐，就聽到屋外傳來一聲尖銳而令人振奮的聲音。

「喇叭聲！」三個矮人齊聲說，連忙跟沙斯塔一起衝了出去。

喇叭聲又再度響起：沙斯塔從來沒聽過這樣的聲音，不像太息邦的號角聲那麼莊嚴洪亮，也不像半月國王狩獵時的號角聲那麼歡樂愉快，這聲音顯得清亮而高亢，感覺十分英勇豪邁。喇叭聲是從樹林東邊傳過來的，過沒多久，又出現了一陣嘈雜的馬蹄聲。沒多久，他們就看到了一列軍隊。

裴瑞丹大人站在隊伍最前方，他騎著一匹紅棕色的馬兒，手裡持著納尼亞王國的大旗——一頭畫在綠色背景上的紅獅。沙斯塔一眼就認出了他。接著是三個人並駕齊驅地走過來，其中兩人騎著神駿的戰馬，另一人騎的是匹小馬。那兩個騎戰馬的人是愛德蒙國王，和一位長了張快樂面孔的金髮女士，她頭戴鋼盔，身披鎧甲，肩上扛著一把弓，腰間繫著一個裝得滿滿的箭囊。（「露西女王。」毛呢輕聲說。）而那個騎小馬的人，赫然就是柯林。接下來是這支軍隊的主要陣容：騎著普通馬兒的男人、騎著能言馬的男人（在碰到適當的時機，例如納尼亞王國要打仗的時候，能言馬並不介意讓人騎在他身上）、人馬、冷酷頑強的熊、龐大的能言狗，最後是六名巨人。納尼亞王國中有一些善良的巨人。沙斯塔雖然曉得，這些巨人其實心地並不壞，但他剛開始一看到他們還是嚇得半死。世上有些事物，你必須花上很大一番工夫，才會漸漸感到習慣。

國王和女王走到小屋前，矮人們開始朝他們深深鞠躬時，愛德蒙國王大聲喊道：

「現在，朋友們！該停下來吃點東西了！」接下來大家忙著跳下馬，打開糧袋，七嘴八舌地熱烈交談，柯林在這片混亂中衝到沙斯塔面前，一把抓起他的雙手喊道：

「哎呀！原來**你**在這兒呀。所以你路上沒遇到什麼危險吧？我**真的**好高興喔。現在我們馬上就可以開始進行某種運動嘍。夠幸運了吧！我們昨天早上才駛進凱爾帕拉瓦宮的港灣，我們下船以後，碰到的第一個人就是雄鹿齊威，他告訴我們安瓦宮遭受攻擊。你難道不覺得——」

「殿下的朋友是何人？」愛德蒙才剛下馬，就出聲問道。

「你看不出來嗎，陛下？」柯林說，「這位就是我的替身啊；就是你在太息邦，誤認為是我的那個男孩嘛。」

「哎呀，原來他就是你的替身啊，」露西女王驚呼，「簡直就像是一對孿生兄弟。實在是太不可思議了。」

「對不起，國王陛下，」沙斯塔對愛德蒙國王說，「我並不是叛徒，真的不是。我不小心偷聽到你們的計畫。可是我連做夢都不會想到，要去向你的敵人告密。」

「我現在知道你不是叛徒了，孩子，」愛德蒙國王說，摸了摸他的頭，「但你若不想被誤認為叛徒的話，下次最好是盡量避免去聽別人的祕密。但，現在都沒事了。」

接下來場面變得相當混亂，大家忙著辦事說話，到處走來走去，因此有好幾分鐘，沙斯塔根本看不到柯林、愛德蒙和露西人在哪裡。但柯林是那種每隔一會兒就會闖禍的搗蛋男孩，你很難不注意到他，果然過沒多久，沙斯塔就聽到愛德蒙國王大聲說：

「我以獅子的鬃毛起誓，王子，你真是太不像話了！閣下就不能安分一點嗎？你簡直比我們整個軍隊還要令人傷神！要指揮你，我還不如去指揮整群大黃蜂來得輕鬆。」

沙斯塔慢慢從人潮中擠過去，他看到了滿面怒容的愛德蒙國王，和顯得有些不好意思的柯林，另外還有一個他不認識的矮人滿臉痛苦地坐在地上。旁邊有兩個人羊，幫忙他脫下了盔甲。

「要是我有把果露帶在身上就好了，」露西女王正在說，「那我就可以讓傷口立刻痊癒。但大帝曾嚴格命令我，要我別經常把它帶上戰場，只有在情況最危急的時候才能使用！」

事情的經過是這樣的：柯林才剛跟沙斯塔講完話，手肘就被軍隊裡一名叫做刺八的矮人抓住。

「幹嘛呀，刺八？」柯林說。

「王子殿下，」刺八邊說邊把他拉到一旁，「我們的大軍在今天以內就可以越過山隘，抵達你父王的城堡。我們說不定在天黑以前就會開戰。」

「這我知道，」柯林說，「這不是很棒嗎？」

「棒不棒是另一回事，」刺八說，「不過呢，愛德蒙國王已對我下達最嚴格的命令，要我負責看好王子殿下，絕對不能讓你上場作戰。你可以在一旁觀戰，對王子殿下年紀這麼小的孩子來說，就已經夠你樂的了。」

「喔，你說的什麼鬼話！」柯林氣得大叫，「我當然要上場打仗啦。要不然你自己看看，露西女王還不是要跟弓箭手一起作戰。」

「女王陛下大可照自己的意思去做，」刺八說，「但你卻是由我負責看管。王子殿下目前有兩條路可走：第一呢，就是請殿下開個金口，對我鄭重擔保，除非我允許你離開，否則你的小馬就得一直乖乖待在我的馬兒旁邊——絕對不准超前半步；而另外一條路呢——這可是國王親口說的——就是把我們兩個像犯人似地綁在一塊兒。」

「你要是敢綁我的話，我就揍扁你。」柯林說。

「我倒想看看，殿下要怎樣把我給揍扁。」矮人說。

對柯林這樣的男孩來說，這句話絕對足以把他激怒，而下一秒，他和矮人兩個就開始激烈地打成一團。他們兩個本來可稱得上是勢均力敵，柯林雖然手比較長，個子也高一些，但矮人不僅年紀比較大，體型也比較壯。但這場架並未分出勝負（凹凸不平的山坡上實在不適合打架），因為運氣奇差的刺八不小心踩到一塊鬆脫的石頭，一頭栽倒在地上，摔了個狗吃屎，而當他想要重新站起來時，卻發現他的腳踝扭傷了：傷得非常厲害，他至少有整整兩個禮拜不能走路或是騎馬了。

「看看閣下做的好事，」愛德蒙國王說，「在開戰之際讓我軍折損了一名得力戰將。」

「我會代他上場作戰，陛下。」柯林說。

「呸，」愛德蒙說，「沒人會懷疑你的勇氣。但派一名小男孩上戰場，只會對我軍造成拖累。」

接著就有人請國王去處理其他事情，柯林在鄭重對矮人道過歉之後，就立刻衝到沙斯塔面前，輕聲說：

「快！現在多出一匹沒人騎的小馬了，還有矮人的盔甲可用。趁現在沒人注意，趕快把它穿上吧。」

「這是幹嘛？」沙斯塔說。

「咦，當然是讓我們兩個上場打仗啦！難道你不想嗎？」

「喔——啊，想啊，當然想啦。」沙斯塔說。但他從來沒想到要這麼做，一股寒意竄上了他的背脊。

「這就對了，」柯林說，「把它套到頭上。現在再繫上佩劍腰帶。不過呢，我們得走在隊伍最後面，而且最好一聲不吭，安靜得像老鼠似的。等一開始打仗，大家就會忙得沒時間注意我們了。」

13
安瓦宮之戰

沙斯塔感覺似乎才短短一秒鐘，
就有一整排敵人重新騎上馬背，掉過頭來面對他們，
策馬前來迎戰。

大約在十一點鐘的時候，整支軍隊又再度出發，沿著左邊的山脈朝西方走去。柯林和沙斯塔故意走在隊伍後方，過沒多久，連巨人都走到他們前面去了。露西、愛德蒙和裴瑞丹忙著商討戰略，雖然露西曾一度開口詢問：「我們那位傻氣的小殿下呢？」愛德蒙只是答道：「他不在隊伍前面，光只是這點就值得慶幸了。隨他去吧。」

沙斯塔對柯林詳細述說他的冒險旅程，並對柯林解釋，他的騎術全都是跟馬兒學的，所以他其實不太知道該怎麼使用韁繩。柯林一面指點他，一面把他們乘船潛逃出太息邦的所有經過，全都鉅細靡遺地告訴他。

「那蘇珊女王呢？」

「待在凱爾帕拉瓦宮，」柯林說，「她不像露西，露西跟成年男人一樣勇敢，至少絕對不會輸給男孩子。蘇珊女王就比較像是一般的成年女士。她雖然是一名優秀的神射手，但通常不會上場打仗。」

他們走的那條山坡路變得越來越狹窄，而右邊的絕壁也變得越來越險峻。最後他們只好排成一列縱隊，沿著懸崖邊緣往前行走，而沙斯塔一想到，他昨晚竟然在不知情的情況下，走過這麼危險的一段路，不禁感到不寒而慄。「不過，」他心想，「我應該還算滿安全的啦。所以獅子才會老是走在我的左邊。他一直擋在我和懸崖中間。」

然後這條道路終於彎向左下方，偏離峭壁，道路兩邊開始出現濃密的樹林，他們沿著陡峭的山坡一路往上攀爬，踏入了隘路。山頂若是空曠一些，就可將下方的景象一覽無遺，但在周遭茂盛的樹林中，根本什麼也瞧不見——只偶爾在樹梢上方瞥見幾座巨大的岩峰，和一、兩隻在藍空中盤旋的老鷹。

「牠們嗅到了戰爭的氣味，」柯林指著鳥兒說，「牠們知道，我們正在替牠們準備一頓豐盛的大餐。」

這讓沙斯塔感到非常不舒服。

他們穿越隘口，走了一大段下坡路，到達一片較為開闊的空地，沙斯塔在此處看到，整個亞成地王國就橫臥在他的下方，看來像是一片霧濛濛的藍色風景，甚至可以隱約瞥見（他自己認為）後方的沙漠。不過太陽再過兩個鐘頭左右就要下山了，此刻陽光正好直射他的眼睛，所以他看得不是很清楚。

軍隊在此停下來，排成一列，開始大幅調整軍隊陣容。有一整隊看起來很凶猛的能言獸，此時踏著輕巧無聲的步伐，低吼著走到左方站好，他們大多是貓科動物（花豹、黑豹之類的猛獸），但沙斯塔剛才並沒有注意到他們。巨人奉命走到右方，但他們在走向新位置之前，全都先從背上取下某件東西，在地上坐了一會兒。沙斯塔這才看清，原來他們之前一直把靴子扛在背上，現在正忙著把靴子套到腳上：全都是長及膝蓋、布滿尖刺，看起來很恐怖的長筒靴。然後他們就把手中的巨棍斜靠在肩上，走向軍隊右方。弓箭手和露西女王一起移到隊伍最後方，他們先拉開弓，接著就響起一陣噹—噹—噹的調弦聲。不論你往四面八方望去，都可以看到大家全都在忙著綁緊繫帶，套上頭盔，抽出寶劍，或是脫下斗篷扔到地上。大家幾乎已全都停止交談。這是極端莊嚴，而又十分駭人的一刻。

「完了，我逃不掉了——這下我是真的逃不掉了。」沙斯塔心想。然後前方傳來一陣喧鬧聲：有許多人在高聲吶喊，還有一陣砰—砰—砰的撞擊聲。

「破城槌，」柯林輕聲說，「他們正在撞擊城門。」

現在連柯林的神情都變得相當嚴肅。

「愛德蒙國王幹嘛還不往前走啊？」他說，「我受不了在這兒乾等。這兒又冷得要命。」

沙斯塔點點頭，暗暗希望自己不要顯得太過害怕。

喇叭聲終於再度響起。大軍再度向前出發——現在開始小跑——旗幟在風中飄揚。他們登上了一座低矮的山脊，視野在瞬間豁然開朗，下方的情景一覽無遺地呈現在他們眼前；一座尖塔成群的小城堡，城門正好面對著他們的方向。這座城堡並沒有壕溝，但城門緊閉，鐵閘門也拉了下來。他們可以看到，城牆上有著許多像小白點似的面孔，城裡的駐軍正在上面守候。在城牆下方，大約有五十名卡羅門士兵已跳下戰馬，此刻正忙著用一根巨大的樹幹不斷地撞擊城門。在一瞬間，這幅景象立刻出現變化。羅八達的大部分手下，原本都已站在地上，準備進攻城門。但羅八達此刻突然發現，納尼亞軍隊正飛快地從山脊上朝他們衝過來。卡羅門士兵的確是訓練有素的優秀戰士。沙斯塔感覺似乎才短短一秒鐘，就有一整排敵人重新騎上馬背，掉過頭來面對他們，策馬前來迎戰。

現在他們開始飛快地往前疾馳。兩軍之間的距離越來越近。快一點，再快一點。此刻大家全都抽出寶劍，舉起盾牌，心裡暗暗祈禱，並用力咬緊牙關。沙斯塔嚇得半死，但他腦中突然閃過一個念頭：「你這次要是怯懦的話，那以後就會不敢對抗生命中的每一場陣仗。要不就是現在，要不就是永遠錯過。」

但是，當兩軍終於開始交戰時，他其實不太清楚到底發生了什麼事。戰場上一片混亂，並響起一陣陣駭人的喧鬧聲。才一會兒，他手中的寶劍就被別人打掉。他的韁繩不知怎的纏成了一團。他發現自己坐得很不穩。一根長槍忽然刺到他的面前，而他為了躲避攻擊，不慎從馬上滾了下來，指關節狠狠撞上了某個人的盔甲，然後——

不過呢，若是以沙斯塔的觀點來描述這場戰役，總是令人感到縛手縛腳，完全施展不開；他對這場戰役的全盤狀況了解太少，甚至連他自己在戰場上所扮演的角色都搞不太清楚。所以說，若要讓你了解真實的戰況，最好的方法，就是將你帶到數哩外的隱士家中。南方邊境的隱士正在凝視那濃蔭覆蓋下的平靜水池，而噗哩、昏昏和艾拉薇全都待在他身邊。

每當隱士想要了解，在他家那圈綠色屏障外的世界，此刻究竟發生了什麼事情的時候，他就會凝視著這個水池。在某些特定的時刻，那平靜無波的池面就會變得像鏡子一般，可以讓他看到比太息邦還要遙遠的南方城市街景，遠方「七島」那些正駛入「紅港」停泊的船隻，或是那些正在「燈野」和「坦摩」之間的西方野林中橫行的盜匪與猛獸。他這天幾乎在池邊坐了一整天，甚至沒離開去吃些東西，喝點清水，因為他知道，亞成地目前正有大事發生。艾拉薇和兩匹馬兒，同樣也在低頭凝視水池。他們可以看出這是個魔法池塘：池水並未映出樹木與天空的倒影，反而在池水深處，顯現出一些色彩繽紛且不斷移動的朦朧光影。但他們什麼也看不清。不過呢，隱士可以看得一清二楚，每隔不久，就會把他所看到的情景，詳細描述給他們聽。在沙斯塔踏入他此生第一場戰役的前一刻，隱士開始述說：

「我看到一隻——兩隻——三隻老鷹，在『風暴頭』峽谷中盤旋。其中有一隻世上最長壽的老鷹。牠只有在戰爭即將爆發的時候才會現身。我看到牠在空中往來盤旋，有時低頭俯瞰安瓦宮，有時又眺望東邊『風暴頭』後的情景。啊——我現在知道，羅八達和他的手下忙了一整天，到底是在做什麼了。他們砍了一棵大樹，把枝葉全都清理乾淨，現在他們正扛著樹幹走出樹林，準備用它來當破城槌。昨晚他們進攻失敗，顯然已讓他們得到了一些教訓。他要是聰明一點兒的話，就應該命令他的手下做一些梯子，但這得花很多時間，他這個人一點耐心也沒有。他真是個傻瓜！在第一次進攻失敗之後，就應該立刻回到太息邦，因為他這整個計畫，所仰賴的就是驚人速度和出其不意的突襲。現在他們已把破城槌扛到城門前就定位。半月國王的手下在城牆上發動凌厲的攻勢。五名卡羅門士兵中箭倒地，但接下來受傷的人不會太多。他們已把盾牌高舉在頭頂上。羅八達正在下達命令。現在圍在他身邊的人，全都是他最信任的心腹大臣，也就是東方省分那些凶猛好戰的大公。我可以清楚看到他們的面孔。有酷魔堡的柯拉登大公、阿茲魯大公、齊拉馬西大公，和歪嘴的伊嘎木大公，另外還有一個個子很高，留了一把猩紅色鬍子的大公——」

「我以獅子的鬃毛起誓，那絕對就是我的老主人安拉登！」

「噓—噓—噓。」艾拉薇說。

「現在他們開始用破城槌進攻了。我只能看得到，卻什麼也聽不見，但那撞擊聲想必十分嚇人！他們一次又一次不停地衝撞城門：這麼凶猛的攻勢，再堅固的城門，遲早都會被他們撞開。等等！『風暴頭』那兒好像有東西驚動了鳥群。鳥兒大群大群飛了出來。再等一下……我還看不太清……啊！現在我看到了。在東邊那道山脊上，擠滿了一片黑壓壓的大批人馬。要是有風把他們的旗幟吹得飄起來的話，我就可以看清他們是什麼來路了。不管他們是什麼人，他們現在已經越過山脊，啊哈！我現在看到他們的旗幟了。納尼亞，是納尼亞！旗上是一隻紅獅子。現在他們正在疾馳衝下山坡。我可以看到愛德蒙國王，後面的弓箭手中有一個女人。喔！——」

「怎麼啦？」昏昏屏息問道。

「他麾下所有的貓兒，突然全都從隊伍左方衝了出來。」

「貓兒？」艾拉薇說。

「是大貓，花豹之類的猛獸，」隱士不耐煩地答道，「我懂了，我懂了。貓兒現在正繞過來圍成一個圓圈，包圍住那些沒人騎的馬匹。真是漂亮的一擊。卡羅門的馬兒現在已開始嚇得發狂了。現在貓兒衝到了馬群中間。但羅八達下令重整軍隊，他有一百名手下此時已重新登上馬背。他們策馬衝向納尼亞軍隊。現在兩軍之間只剩下一百碼左右的距離了。只剩下五十碼了。我可以看到愛德蒙國王，我可以看到裴瑞丹大人。納尼亞軍隊裡有兩個小孩兒。國王怎麼會讓他們上戰場呢？只剩下十碼了——兩軍相接，戰爭正式展開。納尼亞軍隊右翼的巨人非常驍勇善戰，但有一名巨人倒了下來……我想是被射中了眼睛。戰場中央一片混亂，左邊的情況我看得比較清楚。我又看到了那兩個小男孩。哎呀，這是怎麼回事！其中一個是柯林王子。而另外一個小男孩，跟他長得活像是一個模子刻出來似的，那就是你們的小朋友沙斯塔。柯林王子跟成年男人一樣地英勇作戰。他殺死了一名卡羅門士兵。現在戰場中央的情形，我可以看得比較清楚了。羅八達和愛德蒙剛才幾乎就快開始交戰了，但接著就又被人潮隔開——」

「那沙斯塔呢？」艾拉薇問道。

「喔，那個笨蛋！」隱士呻吟道，「既可憐又勇敢的小笨蛋。他根本不曉得該怎麼打仗。他完全沒用到他的盾牌。他整個腹側全都暴露在外面。我看他連想都沒想到，他手裡的寶劍是要做什麼用的。喔，現在他總算想到要用劍了。他舉起寶劍到處亂劈亂砍……差點就把他自己小馬的腦袋給砍掉，他要是再不小心點的話，我看這匹小馬沒多久就會真的死在他手裡。現在他的寶劍被打掉嘍。把一個小孩送上戰場，這根本就等於是謀殺嘛；我看他根本就活不過五分鐘。快閃哪，你這個笨蛋——他倒下來了。」

「死了嗎？」三個嗓音屏息問道。

「這我怎麼會曉得？」隱士說，「貓兒們已順利完成任務。所有沒人騎的馬兒，現在死的死、逃的逃，但卻沒有一匹馬兒退回牠們的卡羅門騎士身邊。現在貓兒們掉過頭來，返回主戰場。他們撲向那些扛破城槌的男人。破城槌落到地上。喔，好啊！太好了！城門從裡面打開，城裡的軍隊準備出擊了。有三個人率先走了出來。中間是半月國王，戴爾和戴霖兩兄弟，分別站在他的兩旁。接下來是傳恩和沙爾，以及克爾和克林兩兄弟。現在總共有十個人——二十個人——三十個人走出城門。卡羅門軍隊被逼得連連敗退。愛德蒙國王此刻正大展身手，把敵軍殺得落花流水。他剛把柯拉登的頭顱砍了下來。許多卡羅門人全都扔下武器，竄進樹林逃命。現在剩下的全都是最難纏的敵人。巨人從右方朝他們逼近——貓兒們從左邊包圍過去——半月國王在後方節節進逼。卡羅門軍隊現在只剩下一小群人，他們緊靠在一塊兒，背貼著背頑強奮戰。你的大公倒下來了，噗哩。半月國王和阿茲魯兩人正在徒手肉搏；國王顯然占了上風——國王繼續保持優勢——國王獲勝，阿茲魯倒了下來。愛德蒙國王倒下——不，他又站了起來，他正在跟羅八達作戰。他們就在城門前打了起來。有幾個卡羅門人棄甲投降。戴霖殺死了伊嘎木。我看不清羅八達到底是怎麼回事，他整個人貼在城牆上，看來好像是死了，但我不太確定。齊拉馬西和愛德蒙國王仍在交戰，但其他所有地方，戰爭都已宣告結束。齊拉馬西投降。戰爭現在是**真的**結束了。卡羅門慘敗。」

沙斯塔從馬上掉下來時，他心想他這下是死定了。不過呢，馬兒跟你想像中不太一樣，牠們就算是在戰場上，也很少會去踐踏人類。在整整煎熬了十分鐘之後，沙斯塔突然意識到，現在好像已沒有馬蹄在他附近踏來踏去了，而周遭的聲響（現在仍可聽到許多各式各樣的聲音）也不再是戰場的殺伐聲。他坐起來，打量周遭的情形。就算像沙斯塔對戰爭這麼無知的人，也可以一眼就看出，亞成地和納尼亞的軍隊已經獲得勝利。他放眼望去，所有仍活在世上的卡羅門人，全都已經淪為戰俘，城門大大敞開，半月國王和愛德蒙國王兩人，正隔著破城槌互相握手慶賀。圍在他們身邊的大臣與戰士，開始發出一陣細微、激動，但顯然十分歡樂的嗡嗡交談聲。然後，所有的聲音突然合而為一，爆發出一陣響亮的哄笑聲。

沙斯塔感到四肢僵硬，但他還是硬撐著站了起來，然後他開始朝聲音的來源跑去，想看看到底是什麼事這麼好笑。他眼前出現一幅非常古怪的畫面。倒楣的羅八達王子，看來好像是整個人掛在城牆上似的。他的雙腳距離地面大約有整整兩呎左右，而他正在瘋狂地亂踢亂蹬。他的鎧甲不知怎的被高高拉起，不僅手臂下綳得死緊，連面孔都被遮住了一大半。事實上，他看起來活像是正在套上一件又硬又挺，但尺寸小了一號的襯衫。依照事後推斷（你可以確定，這個故事必然會讓大家津津樂道好一陣子），當時事情大約是這樣的：早在戰爭剛開始的時候，巨人就企圖用他那布滿釘刺的靴子去踩羅八達，可惜並沒有成功。說它不成功呢，是因為巨人並沒有達到他的目的，把羅八達踩得稀巴爛，但這項攻擊，倒也不能說是毫無用處，因為巨人靴子上有根釘刺割破了羅八達堅硬的鎧甲，就像我們割普通襯衫一般地輕鬆俐落。所以呢，等羅八達跟愛德蒙在城門前開始交戰時，他的鎖子鎧甲背後已破了一個大洞。當愛德蒙逼得他節節敗退，距離城牆越來越近時，他索性跳上一塊踏腳板，站在那兒從上方對愛德蒙發動猛烈的攻勢。不過，他稍後就發現，這個位置雖然可以讓他高高站在所有人頭頂上，但同時也讓他成為納尼亞弓箭手的顯著箭靶，所以他決定再跳下來。當他邊跳邊喊道：「太息神的雷霆霹靂從天而降。」時，他原本是想讓自己的模樣和嗓音，全都顯得非常雄壯威武，恐怖駭人——不可否認的，在那一瞬間的確是達到這樣的效果。但他前面擠滿了人，根本沒地方容身，因此他只好往旁邊跳。結果他盔甲上的裂縫，不偏不倚地被牆上的鉤子勾個正著。（很久很久以前，這個鉤子上有個環，可以用來拴馬匹。）他赫然發現，自己就像一塊抹布似地高高掛在空中，周圍的人全都在大聲嘲笑他。

「放我下來，愛德蒙，」羅八達吼道，「快放我下來，像位國王，像個男子漢般地跟我一決死戰；你要是太過懦弱，沒勇氣跟我決鬥的話，那就乾脆給我個痛快，快殺了我吧。」

「可以——」愛德蒙國王才剛開口，就被半月國王打斷。

「陛下請恕我冒昧，」半月國王對愛德蒙說，「千萬不要答應他的請求。」接著他再轉向羅八達說：「王子殿下，你若是在一個星期之前，提出這項挑戰，我一定會欣然接受。在愛德蒙國王的領土中，上自彼得大帝，下至最弱小的能言鼠，絕對不會有任何人拒絕這項挑戰。但你在兩國相安的和平時代，甚至連封戰書也沒下，就帶軍攻擊我國的安瓦宮，因此你已向世人證明，你並沒有資格做一名騎士，你只是一個叛徒，一個懦夫，你寧可遭受絞刑令鞭笞，也不願光明磊落地與正人君子決一死戰。把他放下來，用繩子捆綁他，把他帶進城堡，等我們大家盡興之後再去處置他吧。」

有人用蠻力硬生生奪去羅八達的寶劍，把他帶進城堡，而他一路上不停地大喊大叫，威脅咒罵，甚至還哭了出來。他雖然可以忍受酷刑折磨，但就是受不了別人嘲笑他。在太息邦，大家可都是非常尊重他的。

柯林在此時衝到沙斯塔面前，一把抓住他的手，拉著他走向半月國王。「他在這兒，父親，他在這兒。」柯林說。

「好啊，**你**可終於回來了，」國王用非常沙啞的嗓音說，「而且還完全不聽管教，大膽上場作戰。你這孩子真是傷透了父親的心哪！像你這種年紀的小男孩，握寶劍實在顯得不倫不類，我看你其實比較適合挨鞭子吧，哈！」但包括柯林在內的所有人，都可以看出，國王其實為他感到十分驕傲。

「請別再責怪他了，陛下，」戴霖大人說，「王子殿下真不愧是陛下的兒子，完全遺傳到陛下的特質。他若是因為膽小畏縮而受到斥責，那陛下才會真的感到悲哀哩。」

「好了，好了，」國王不悅地說，「這次就算了吧。現在——」

接下來發生了一件奇事，而沙斯塔這輩子從來沒這麼驚訝過。半月國王突然把他抱起來，親吻他的兩頰。然後國王把他放下來，說：「你們倆站到一塊兒，孩子們，讓所有朝臣好好看看你們。把頭抬高。現在，各位大人，看著他們兩個。還有任何人感到懷疑嗎？」

沙斯塔仍然不曉得大家幹嘛緊盯著他和柯林，也不知道他們為什麼要高聲歡呼。

14

噗哩如何變成一匹更聰明的馬兒

這又讓可憐的噗哩再度想起，
他對納尼亞的風俗習慣簡直是一無所知，
而他可能會因此犯下多麼恐怖的錯誤。

現在我們必須把焦點轉回艾拉薇和馬兒身上。隱士從水池中看到，沙斯塔又重新站起來，並接受半月國王的熱情擁抱，因此他可以告訴他們，沙斯塔並沒有死，也沒受什麼嚴重的傷。不過呢，由於他只能看，卻完全聽不到，所以等戰爭一結束，大家開始互相交談時，他就沒必要再繼續看下去了。

第二天早上，隱士待在屋裡時，他們三個開始討論，接下來該怎麼辦。

「這裡我已經待不下去了，」昏昏說，「隱士是對我們大家很好，而我也的確是非常感激他。但像這樣成天猛吃，完全沒做任何運動，我簡直快肥得像匹小馬兒嘍。我們趕緊出發去納尼亞吧。」

「今天不行，夫人，」噗哩說，「我做事情向來不喜歡太趕。過幾天再說吧，可以嗎？」

「我們得先去見沙斯塔一面，跟他道別——還有——向他道歉。」艾拉薇說。

「說得好！」噗哩熱烈附和道，「完全說出了我的心事。」

「喔，這是當然要去的啦，」昏昏說，「我想他現在是在安瓦宮。我們是得順道過去看看他，跟他說聲再見。但安瓦宮就在路上嘛，那我們為什麼不立刻出發呢？再說，大家不是全都很想去納尼亞嗎？」

「應該是吧。」艾拉薇說。她開始想到，等她到了納尼亞以後，不知道自己到底要做什麼，心裡不禁感到有些寂寞。

「這還用說，這還用說，」噗哩連忙表示，「不過大家沒必要這麼急嘛，你們應該懂我的意思吧。」

「不，我一點也不懂，」昏昏說，「你為什麼突然不想去了呢？」

「嗯—呃—嗯，不呵—呵，」噗哩吞吞吐吐地說，「這個嘛，難道妳看不出，夫人——這可是個非常重要的場合呢——返回自己的家鄉——重新踏入社會——世界上最棒的社會——那可非得給大家一個好印象才行哪——我們現在看起來還不太像樣是吧，嗄？」

昏昏發出一陣馬兒的大笑聲。「原來是因為你的尾巴呀，噗哩！現在我全都懂了。你想等尾巴毛全都長齊再走！我們甚至還不曉得，長尾巴在納尼亞到底流不流行咧。真是的，噗哩，你簡直就跟太息邦那位女大公一樣虛榮！」

「你**真是**太蠢了，噗哩。」艾拉薇說。

「我以獅子的鬃毛起誓，女大公，我可一點也不蠢，」噗哩忿忿不平地說，「我只不過是對我自己，以及對我所有的馬兒同類，有著最起碼的尊重罷了。」

「噗哩，」艾拉薇說，她對馬尾巴的式樣沒什麼興趣，「有件事我早就想問你了。你發誓的時候幹嘛老是說什麼**以獅子起誓**，以**獅子的鬃毛起誓**呀？我還以為你很討厭獅子哩。」

「我是很討厭獅子啊，」噗哩答道，「但在我以**那隻**獅子起誓的時候，我心裡指的當然是亞斯藍，那個把女巫和冬季趕出納尼亞的偉大救星啦。所有納尼亞人全都是以他起誓的嘛。」

「但他是一頭獅子嗎？」

「不，不，當然不是啦。」噗哩用震驚的語氣答道。

「可是在太息邦，所有跟他有關的故事，全都說他是一隻獅子呀，」艾拉薇說，「而且，如果他不是獅子的話，那你幹嘛獅子獅子地叫個沒完啊？」

「這個嘛，在妳這樣的年紀是不會懂的，」噗哩說，「我離開家鄉的時候還是隻小駒，所以我自己也不是很了解。」

（噗哩在說話的時候，是背對著綠色圍籬，其他兩個同伴面對著他。他的語氣充滿了優越感，而且還很了不起地半瞇著眼，所以並沒有看到，昏昏和艾拉薇臉上的表情突然變了。她們瞪大眼睛，張開嘴巴，而她們的確有理由這麼做；因為就在噗哩說話的時候，她們看到一頭龐大的巨獅，從外面跳到了綠牆上，牠有著一身明亮的金黃色獅毛，你從來沒見過像牠這麼龐大，這麼美麗，這麼駭人的一頭獅子。接著牠就立刻跳進牆內，開始從後方向噗哩逼近。牠的腳步輕悄無聲。昏昏和艾拉薇嚇得完全愣住了，所以也沒發出任何聲音。）

「事情很明顯，」噗哩繼續說下去，「在他們叫他獅子的時候，他們只不過是想要表示，他就跟獅子一樣強壯，或是（這自然是對我們敵人來說）跟獅子一樣凶猛。反正就是這一類的意思啦。我說艾拉薇呀，就算是像妳這樣的小女孩，也一定可以看出，他絕對不可能是一隻**真正的**獅子，那實在太荒唐、太可笑了。這真的是太不敬了。他要是獅子的話，那不就跟我們大夥兒一樣，也是一頭野獸嘍。開什麼玩笑嘛！（說到這裡，噗哩開始放聲大笑。）他要是獅子的話，那他就會有四隻腳爪，一根尾巴，甚至還有鬍鬚哩！唉唷唷，喔，呵呵！救命啊！」

就在他說到**鬍鬚**這個字眼的時候，亞斯藍恰好有根鬍鬚搔到了他的耳朵。噗哩像箭一般地立刻拔足狂奔，一路跑到最遠處的綠牆邊，然後才回過頭來；牆太高了，他根本跳不上去，他已經沒地方逃了。艾拉薇和昏昏嚇得往後一跳。在那一瞬間，四周一片死寂，氣氛顯得異常緊張。

然後，昏昏雖然全身抖個不停，但她忽然發出一聲古怪而微弱的嘶鳴，輕輕跑到獅子面前。

「對不起，」她說，「你實在太美了。你要是想的話，就把我吃掉吧。我寧可被你吃掉，也不願讓其他任何人餵食。」

「最親愛的女兒，」亞斯藍說，俯下頭來在她那不斷抽動的光滑鼻頭上吻了一下，「我知道妳很快就會回到我的懷抱。妳將會獲得平安喜樂。」

然後他抬起頭來，微微提高嗓門說：

「好了，噗哩，」他說，「你這匹既可憐又驕傲，飽受驚嚇的馬兒，靠近一點。再近一點，我的兒子。沒什麼好害怕的。摸摸我，聞聞我的氣味。這是我的腳爪，這是我的尾巴，這是我的鬍鬚。我是一隻真正的野獸。」

「亞斯藍，」噗哩用顫抖的聲音說，「我真是個傻瓜。」

「一匹馬兒能在他年紀還輕的時候，就能了解到這一點，可說是可喜可賀。人類也是一樣。靠近一點，我的女兒艾拉薇。妳看！我已經把爪子收了起來。這次妳不會再被抓傷了。」

「這次，先生？」

「是我抓傷了妳，」亞斯藍說，「在妳這整段旅途中，我是妳唯一遇到的獅子。妳知道我為什麼要抓傷妳嗎？」

「不知道，先生。」

「妳背上的抓傷，可說是以淚還淚，以痛還痛，以血還血，妳後母那名被妳下藥昏睡，因而遭受毒打的奴隸，她背上的鞭痕，跟妳所受的苦不相上下。妳必須親身體會她的感覺。」

「是的，先生。對不起……」

「妳問吧，孩子。」亞斯藍說。

「她還會因為我的事，而受到更多傷害嗎？」

「孩子，」獅子說，「我對妳述說的是妳自己的故事，而不是她的故事。我向來只對人述說他自己的故事。」然後他搖搖頭，用較為輕柔的語氣說：

「開心一點兒吧，我的小朋友們，」他說，「我們很快就會再見面了。但在我們重逢之前，你們還會有另外一位訪客。」接著他就縱身一躍，跳到牆上，轉眼間就失去了蹤影。

說來奇怪，在他離去之後，他們並不想跟對方談論他的事。他們全都緩緩走到不同的地點，在安靜的草地上來回踱步，獨自思索。

過了半個鐘頭左右，隱士喚馬兒到房子後面，去享用他為他們準備的美味大餐。艾拉薇仍待在原地踱步沉思，但此時門外突然傳來一陣刺耳的喇叭聲，把她嚇了一大跳。

「什麼人？」艾拉薇說。

「亞成地王國的柯爾王子駕到。」門外有人答道。

艾拉薇拉開門閂，把門打開，微微退後一步，讓門外的陌生人走進來。

兩名手持長戟的士兵先走進來，在入口兩旁立正站好。然後是一名傳令官，和一名喇叭手。

「亞成地的柯爾王子殿下，意圖召見艾拉薇女士。」傳令官說。他和喇叭手就分別退到兩旁，彎腰鞠躬，兩名士兵也同樣行禮致意，然後王子本人走了進來。他的隨從全都退到外面，並關上大門。

王子鞠躬行禮，若是以王子的標準來看，他的姿勢實在是非常笨拙。艾拉薇依照卡羅門的習俗行了一個屈膝禮（跟我們這兒的屈膝禮並不一樣），她自小就受到嚴格的訓練，因此她的動作顯得十分漂亮自然。然後她抬起頭來，想看看這位王子究竟是個什麼樣的人。

她看到的是一個小男孩。他頭上什麼也沒戴，只在金髮上繫了一條沒比鐵線粗多少的細金帶。他的短外衫是用細薄的白色棉布裁製而成，質料就跟手帕一樣細緻輕透，因此可以清楚看到他穿在裡面的鮮紅短衫。在他那隻按著琺瑯劍柄的左手上，裹著一條繃帶。

艾拉薇再三打量他的面孔，然後才倒抽一口氣說：「天哪！你是沙斯塔！」

沙斯塔的臉立刻漲得通紅，並急急忙忙地開口解釋。「妳聽我說，艾拉薇，」他說，「我希望妳不要覺得，我打扮成這副模樣（還帶了些喇叭手什麼的），是故意要讓妳留下深刻的印象，或是用來證明我已經變得不一樣了，絕對不是這麼回事。我真恨不得能穿我自己的衣服過來，可是他們把我的衣服燒掉了，而我的父親說——」

「你的父親？」艾拉薇說。

「很顯然地，半月國王就是我的父親，」沙斯塔說，「我早該猜到了。柯林長得跟我那麼像。我們是孿生兄弟，妳懂了吧。對了，我的名字也不是沙斯塔，是柯爾。」

「柯爾比沙斯塔好聽多了。」艾拉薇說。

「亞成地所有兄弟的名字都是這樣，」沙斯塔說（我們現在必須稱他為柯爾王子了），「比方說，戴爾和戴霖，克爾和克林之類的。」

「沙斯塔——不，我是說柯爾，」艾拉薇說，「好了，別再說了。我有些話得立刻跟你說。對不起，我以前真的是非常惡劣。但在我知道你是位王子之前，我對你的看法就已經完全改觀了，我說的是實話：在你重新折返回來，面對獅子的時候，我就知道自己錯了。」

「他其實並不是真的要殺妳，我是說那隻獅子。」柯爾說。

「我知道。」艾拉薇說，並點了點頭。當他們兩人互相看出，對方也知道亞斯藍的事情時，兩人的態度都變得十分莊重，默默肅立了好一陣子。

艾拉薇突然想到柯爾手上纏了繃帶。「嘿！」她喊道，「我居然忘了！你有上場打仗耶。你受傷了嗎？」

「不過是一點擦傷罷了，」柯爾第一次端起架子，用貴族威嚴的語氣說話，但才一會兒，他就忍不住笑了出來，「妳要是想聽實話，我可以告訴妳，這根本就不能算是真的受傷。只是指關節那兒擦破了一點皮，隨便哪個笨蛋一不小心都會擦破皮，這哪用去上戰場呀。」

「但你還是已經上過戰場了，」艾拉薇說，「感覺應該很棒吧？」

「跟我想像中完全不一樣。」柯爾說。

「沙斯——我是說柯爾——你還沒告訴我半月國王的事呢，他是怎麼發現你的真實身分的？」

「嗯，我們先坐下來再說吧，」柯爾說，「這故事長得很呢。對了，我要先跟妳說，我父親真是個大好人呢。發現他是我的親生父親時，我真是太高興了，就算他不是國王，我也會一樣開心——至少不會有太大的差別啦。不過呢，現在什麼唸書啦，還有其他各式各樣的苦差事，就快要全都落到我的頭上來了。不說了，妳要聽故事對吧。嗯，柯林和我是孿生兄弟。在我們才出生一個禮拜的時候，他們帶我們到納尼亞，去見一位聰明的老人馬，好像是要請他替我們祈福吧。這個老人馬是一位預言家，大部分人馬都有這種天賦。妳大概還沒看過人馬吧？昨天我在戰場上看到了幾個人馬。他們真的是非常醒目，但老實說，跟他們待在一起，我還是覺得很不自在。哎呀，艾拉薇，在這些北方的國家，真的有好多事情，得花上一段時間才能慢慢適應呢。」

「沒錯，」艾拉薇說，「再繼續說下去吧。」

「嗯，據說這個人馬一看到我和柯林，他就望著我說，有朝一日，當亞成地遇到有史以來最嚴重的亡國危機時，那個男孩將可以拯救他的祖國。我父母親聽了自然是非常開心。但在場有某個人卻很不高興。他叫巴爾，是我父親的大臣。他顯然是犯了一些錯——什麼湯巫罪，或是跟這差不多的字眼——這部分我不太清楚啦——父親只好免除他的職位。但除此之外，他並沒有受到任何懲罰，父親也允許他繼續住在亞成地。但他這個人真的是壞透了，後來才發現，他早就拿了太洛帝的錢，暗中對太息邦提供許多祕密情報。所以呢，他一聽到我以後會在亞成地遇到重大危機時拯救祖國，就打定主意非除掉我不可。他成功綁架了我（過程我不太清楚），騎馬沿著彎箭河一路奔向海邊。他早就把一切全都安排妥當，那兒已經有一艘載著他親信的大船在等待他，於是他帶著我駕船駛向大海。但我父親聽到了風聲，時間雖然有些遲了，但他立刻用最快的速度前去追趕。在我父親到達海岸邊的時候，巴爾大人已經乘船遠去，但還沒有完全失去蹤影。我父親立刻在短短二十分鐘之內，駕著他的戰船出發。

「那想必是一場非常精采的海上追逐戰。他們在巴爾的西班牙大帆船後面，苦苦追趕了整整六天六夜，最後終於在第七天趕上了他。然後展開了一場壯烈的海戰（我昨晚聽了一大堆關於這場戰役的故事），從早上十點一直打到太陽下山。我們的軍隊最後終於成功攻占了那艘船，但卻發現我並不在船上。巴爾大人已經在戰場中喪生，但他的一名手下透露，當天一大早，巴爾大人看出，敵人必然會徹底搜查他的船隻時，他就把我交給他手下的一名騎士，讓我們兩個坐小船離開。然後就再也沒人看到這艘小船。不過呢，這艘船後來被亞斯藍（怎麼每個故事背後都好像有他的影子）推到了岸邊適當的地點，讓厄西西把我抱回家收養。我真希望能知道那位騎士叫什麼名字，他顯然是讓自己挨餓，好省下食物來保存我的性命。」

「我想亞斯藍會說，這是其他某個人的故事。」艾拉薇說。

「對喔，我都忘了呢。」柯爾說。

「我倒是想知道，那個預言會不會真的應驗呀，」艾拉薇說，「還有，你到底要拯救亞成地，脫離什麼樣的重大危機呢？」

「這個嘛，」柯爾顯得有些忸怩不安，「他們好像是覺得，我已經完成任務了。」

艾拉薇拍了一下手。「哎呀，對啊！」她說，「我怎麼這麼笨哪。真是太棒了！在羅八達率領兩百名騎兵越過彎箭河，而你還沒趕去通風報信的時候，亞成地確實是面臨有史以來最大的危機。你有沒有感到很驕傲啊？」

「我只覺得有點害怕。」柯爾說。

「現在你就要住在安瓦宮了。」艾拉薇若有所思地說。

「喔！」柯爾說，「我差點忘了我到這兒來的目的了。父親希望妳能過來跟我們一起住。他說在我母親去世之後，宮廷（他們稱那兒作宮廷，我也搞不太清楚）裡就看不到一位女士了。拜託妳答應嘛，艾拉薇。妳一定會喜歡我的父親——還有柯林。他們跟我完全不一樣；他們可是受過良好的教育。妳不用擔心——」

「喔，快住口，」艾拉薇說，「要不然我們就會真的吵起來了。我當然要去啦。」

「我們現在先去看看兩匹馬兒吧。」柯爾說。

噗哩和柯爾碰面時，兩人都顯得歡喜萬分，而噗哩的情緒雖仍然相當低落，但還是爽快地答應，立刻跟他們一起出發前往安瓦宮；他和昏昏兩個預定明天再越過國界，返回納尼亞。他們四個全都依依不捨地跟隱士道別，並再三保證很快就會再來探望他。他們大約在早上過了一半時再度出發上路。兩匹馬兒原本以為，艾拉薇和柯爾會騎到他倆背上，但柯爾卻對他解釋說，除非是在大家全都必須盡力為國效勞的戰爭時期，否則納尼亞和亞成地兩國的人民，連做夢都不會妄想要去騎一匹能言馬。

這又讓可憐的噗哩再度想起，他對納尼亞的風俗習慣簡直是一無所知，而他可能會因此犯下多麼恐怖的錯誤。所以呢，當昏昏滿懷幸福的幻想，開開心心地邊走邊逛時，噗哩心裡卻七上八下，每往前踏上一步，他就變得越來越緊張，越來越膽怯。

「振作一點，噗哩，」柯爾說，「我的情況比你糟多嘍。你又不用**受教育**。想想看，我得去學什麼讀書、寫字、紋章學（譯註：heraldry，用來識別個人、家族、機關團體，及公司企業等世襲標記的科學與藝術）、舞蹈、歷史、音樂等一大堆雜七雜八的事情，而你卻可以盡情地在納尼亞山坡上奔跑打滾呢。」

「但問題就在這裡，」噗哩呻吟道，「能言馬**到底**打不打滾啊？要是他們從來不打滾怎麼辦？要我不打滾我可受不了。妳覺得呢，昏昏？」

「管他的，反正我就是要打滾，」昏昏說，「我想，不管你打不打滾，都不會有人多賞給你兩塊糖吃的。」

「快到城堡了嗎？」噗哩問柯爾。

「繞過下個轉角就到了。」王子說。

「好吧，」噗哩說，「那我現在要先來好好打個滾：這說不定是最後一次了。等我一分鐘。」

他整整滾了五分鐘，才渾身沾滿蕨類碎葉，氣喘吁吁地站起來。

「現在我準備好了，」他用一種抑鬱消沉的語氣說，「帶路吧，柯爾王子，前往納尼亞，前往北方。」

但他看起來完全不像是一名離家已久，終於重新獲得自由，安然返回家鄉的戰俘，反倒神情凝重得活像是要去參加葬禮似的。

15
可笑的羅八達

當羅八達發現，獅子那龐大的身軀，
正在他和他的指控者之間輕輕踱步時，
他不禁嚇得跳了起來。

他們繞過下一個轉角，踏出了樹林，安瓦宮就矗立在眼前，城堡前方有一片青翠的草坪，後方有一座林木密布的高山屏障，為它抵擋住北風的侵襲。這座城堡是用暖色調的紅褐色石頭築成，顯得十分古雅。

他們還沒到達城門前，半月國王就出城來迎接他們，他看起來跟艾拉薇心目中的國王形象很不一樣，而且還穿了一身非常破爛的舊衣裳；這是因為，他剛才和替他照料獵犬的屬下，到狗屋去逛了一圈回來，只有時間匆匆把手上的狗味洗掉。但是當他握住艾拉薇的手，對她行禮致意時，他那高貴的儀態，卻流露出不容懷疑的帝王風範。

「小姐，」他說，「我們向妳獻上最熱忱的歡迎之意。我的愛妻若是仍活在世上，我們或許有辦法讓妳感到更開心一些，但我們歡迎妳的心意，絕對跟她在世時一般真摯熱忱。我為妳所遭遇的不幸感到深深遺憾，妳被迫離開父親的家，這必然使妳感到十分悲傷。我的兒子柯爾跟我提過妳所經歷的種種冒險，他說妳真的是非常勇敢。」

「真正勇敢的人是他，先生，」艾拉薇說，「他為了救我的命，勇敢地朝獅子衝過去呢。」

「嗄，妳說什麼？」半月國王聽了不禁喜形於色，「這件事我還沒聽說哩。」

接著艾拉薇就開始描述當時的情形。柯爾本來就非常希望能讓大家知道這件事，但總覺得不太好意思自己開口，不過，現在他聽了以後，感覺卻好像沒想像中那麼光榮，反倒還有點兒蠢。但他的父親聽了非常高興，而在接下來好幾個禮拜，國王只要一逮到人，就會開口誇耀兒子的英雄事蹟，害柯爾覺得煩得要死，恨不得這件事從來沒發生過。

國王聽完之後，轉頭望著昏昏和噗哩，而他對他們的態度，就像他剛才對艾拉薇一般客氣有禮，他問了他們一大堆問題，探聽他們的家庭背景，而他們在被綁架之前，又是住在納尼亞王國哪一個地區等等。馬兒們變得不太愛講話，他們還不習慣人類用平等的態度跟他們交談——這自然是指成年人類。他們和艾拉薇和柯爾兩人說話時，就覺得毫無顧忌。

過了一會兒，露西女王也從城堡中走出來，跟大家相見，半月國王對艾拉薇說：「親愛的小姐，這位是我們家的好朋友，她負責把妳的住處全都收拾妥當，這方面她要比我在行多了。」

「妳要不要過來看看？」露西問道，親吻艾拉薇。她們兩人一見如故，沒多久她們就一起離開，開心地討論艾拉薇的臥室啦、艾拉薇的閨房啦、要替她找些漂亮衣服穿啦，以及女孩子家在這種情況下會談論的所有話題。

他們在陽台上用過午餐（餐點有冷雞肉、用野味調製的冷餡餅、美酒，還有麵包跟乳酪等等）之後，半月國王皺起眉頭，嘆了口氣說：「嘿—唉！我們還得想辦法處理羅八達那個麻煩人物，我的朋友們，我們得趕緊做個決定，看是要怎麼處置他。」

露西坐在國王右邊，艾拉薇坐在他左邊。愛德蒙國王坐在桌子角落，戴霖大人坐在他正對面。戴爾、裴瑞丹，以及柯爾和柯林兩兄弟，全都跟國王坐在同一邊。

「陛下絕對有權利砍掉他的腦袋，」裴瑞丹說，「他做出這種無恥的偷襲行動，就表示他跟刺客沒什麼兩樣。」

「確實如此，」愛德蒙說，「不過，即使叛徒也有可能會改過自新。我自己就碰過這樣的例子。」他露出深思的神情。

「殺了羅八達這傢伙，就等於是直接向太洛帝宣戰。」戴霖說。

「太洛帝算什麼，」半月國王說，「他的力量完全是在於他軍隊的龐大人數，可惜他絕對無法率領大軍橫越沙漠。但我實在不願這樣冷酷地輕易殺人（就算是處置叛徒也不行）。若是在戰場上割斷他的咽喉，我絕對問心無愧，但現在情形完全不一樣。」

「依我之見，」露西說，「陛下何不讓他接受另一場考驗。要他發下重誓，保證日後行事光明磊落，絕不再犯同樣的錯誤，然後就放他自由吧。他或許會信守承諾。」

「妳該不會是說，或許無賴會變得正直一些吧，妹妹，」愛德蒙說，「不過，我以獅子起誓，他若是膽敢再犯，但願有朝一日，我們在場這些人中，有人能光明正大地在戰場上砍掉他的腦袋。」

「我們試試看吧。」國王說，然後他吩咐一名隨從，「派人去把犯人帶過來，朋友。」

身上綁著鐵鍊的羅八達被帶到了他們面前。看他的模樣，誰都會以為他昨晚是待在惡臭的地牢中，連口清水也沒得喝，餓肚子過了一整夜，但事實上，他昨晚是被關在一個相當舒適的房間裡，而且還為他準備了一頓豐盛的晚餐。但他只顧著生悶氣，晚餐連碰都沒碰，只忙著在那兒不停地跺腳怒吼詛咒抱怨，就這樣鬧了一整夜，他的氣色看起來自然不會太好。

「我不用說，殿下想必也知道，」半月國王說，「不論是根據國家律法，或是基於國家政策的審慎考量，我們都絕對有權利動手砍掉你的腦袋。儘管如此，我們仍然顧及你年紀尚輕，而你那囂張跋扈，欠缺儒雅教養的壞脾氣，無疑是在那片充滿奴隸與暴君的土地上，因潛移默化而養成的惡習，因此我們有意放你自由，讓你毫髮無傷地離去，但你必須先答應我們幾個條件：首先──」

「去你的，你這個狗雜種！」羅八達氣急敗壞地說，「你以為我肯跟你談條件嗎？呸！你在那兒大放厥辭，說我沒有教養。罵一個渾身枷鎖的人很過癮是吧，哈！快替我解開這些可恨的束縛，給我一把寶劍，你們若是有人夠膽量的話，就站起來跟我決一死戰吧。」

幾乎所有大臣全都跳了起來，而柯林大喊道：

「父親！可以讓我**賞他一拳**嗎？」

「請大家少安勿躁！兩位陛下！各位大人！」半月國王說，「難道我們就這麼容易被激怒，只不過被一名階下囚奚落幾句，大家就完全沉不住氣了嗎？坐下，柯林，要不然你就給我離開。王子殿下，我再請求你一次，靜下來聽聽我們的條件。」

「我才懶得跟野蠻人和使妖術的傢伙談條件呢，」羅八達說，「我料你們也不敢動我一根寒毛。你們所加諸在我身上的一切侮辱，日後我國必會讓納尼亞和亞成地兩國人民血流成河來作為償還。太洛帝將會對你們展開恐怖的報復，現在你們就得開始當心了。你們有膽就殺了我吧，而這些北方國土即將遭受到的燒殺擄掠與殘酷蹂躪，日後將會震驚世界，成為流傳千古的恐怖教訓。當心！當心！當心！太息神的雷霆霹靂將從天而降！」

「咦，這個雷霆霹靂不是降到一半，就被鉤子勾住了嗎？」柯林問道。

「可恥，柯林，」國王說，「永遠不准去嘲笑弱者；若是對方比你強，你反倒不用顧忌。」

「喔，羅八達啊，你實在太愚蠢了。」露西嘆道。

下一刻，桌邊的人就全都站起來，垂手肅立，柯爾完全搞不清是怎麼回事。不過他自然也跟著照做。然後他才看出大家這麼做的原因。亞斯藍現在已站在他們中間，但沒人看到他究竟是怎麼來的。當羅八達發現，獅子那龐大的身軀，正在他和他的指控者之間輕輕踱步時，他不禁嚇得跳了起來。

「羅八達，」亞斯藍說，「留神。你的命運此刻已十分接近，但你仍然有機會避開它。忘了你的驕傲（你有什麼值得誇耀的呢？）和你的憤怒（有誰虧欠了你？），坦然接受這些仁慈國王的寬恕吧。」

但羅八達卻骨碌碌地轉動眼珠，大大咧開嘴巴，發出一陣悠長而陰沉的恐怖獰笑，耳朵也開始急促地上下抽動（只要肯下苦功練習，誰都可以學會這個招數）。在卡羅門的時候，他這種神情向來都非常有效。他只要一擺出這副面孔，最勇敢的人都會忍不住渾身打顫，一般人早就嚇得倒在地上，而那些最敏感的人呢，經常被他這麼一嚇，就立刻昏死過去。但羅八達並不了解，人們若是知道，你只要隨便說句話，就可以把他們扔進沸水裡活活燙死，他們自然很容易就會被你嚇住。但在亞成地，他這個鬼臉看起來根本一點也不可怕；事實上，露西還以為羅八達是身體不舒服想吐哩。

「惡魔！惡魔！惡魔！」王子厲聲尖叫，「我認得你。你是納尼亞的邪惡妖魔。你是天上諸神的敵人。你知道我是什麼人嗎，可怕的幽靈？我可是神威無敵，鐵面無私的太息神的嫡傳子嗣。你將會遭受到太息神的詛咒。蠍形閃電將會如暴雨般落到你頭上。納尼亞王國的山脈將會被夷為平地。那──」

「當心，羅八達，」亞斯藍平靜地說，「命運此刻已越來越近了：它就站在門外，它已拉開了門閂。」

「就讓天空崩塌，」羅八達厲聲尖叫，「讓大地裂開吧！讓鮮血與烈火毀滅整個世界！但我絕不會因此而屈服放棄，除非我能揪住那個蠻族女王的頭髮，將她拖回我的宮殿，那個賤女人，那個──」

「時間到了。」亞斯藍說；羅八達驚恐至極地看到，在場所有人全都開始放聲大笑。

他們實在是忍不住想笑。羅八達剛才一直在不停地抽動耳朵，而亞斯藍一說：「時間到了。」他的耳朵就開始出現變化。它們變得越來越長，越來越尖，才一會兒，上面就長滿了灰毛。當大家還在納悶，這對耳朵看起來為什麼這麼眼熟時，連羅八達的面孔也開始變得不一樣了。他的臉越拉越長，上半部變得粗壯厚實，眼睛也變大許多，但鼻子卻塌下來陷進面孔（或者該說是，臉頰腫起來跟鼻子合為一體），而且臉上還長滿了毛。另外，他的兩條手臂也開始變長，一路往前垂下來，直到雙手碰到地面；只不過現在那顯然已不能算是雙手，而是一對蹄子了。他四肢著地呆站在原地，身上的衣服已經消失，大家全都笑得越來越大聲（因為他們實在克制不了），現在羅八達已變成了一頭不折不扣的驢子。最可怕的是，他外表雖然已不再是人類，但他卻繼續口吐人言，當他意識到自己變成什麼模樣時，不禁大聲尖叫：

「喔，我不要當驢子！發發慈悲！就算是馬兒都比——酸——失——嘛——咿——呵，咿—呵。」他的語聲越來越模糊，最後變成了一聲驢鳴。

「現在聽我說，羅八達，」亞斯藍說，「正義總是帶有些許寬憫。你不會永遠都變成驢子。」

聽到這句話，驢子自然趕緊把耳朵豎向前方——這副模樣也滑稽得要命，大家全都笑得更厲害了。他們是有努力憋笑，但實在是忍不住。

「你已懇求過太息神，」亞斯藍說，「而你將會在太息神的神殿中恢復原貌。你必須在太息邦今年的盛大秋季祭典中，在所有太息邦人民面前，站在太息神的神壇之前，屆時你將可以恢復人形，讓所有人都可以認出，你就是羅八達王子。但此後你終其一生，若是踏出太息邦神殿方圓十哩之外，你就會再度變成你現在的模樣。而你若是第二次變成驢子，就永遠也無法再恢復人形了。」

在一陣短暫的沉默之後，大家全都微微一震，開始面面相覷，彷彿剛從夢中醒過來似的。亞斯藍已經不見了。但周遭的空氣和草地，全都散發出一種奇異的光輝，他們心中也充滿了喜樂，這使他們確信，剛才的一切並不是夢境，何況還有頭驢子傻愣愣地站在他們面前。

半月國王是個好心腸的人，他看到敵人變得這麼淒慘狼狽，心中的氣一下子全都消了。

「王子殿下，」他說，「事情落到這等地步，我真是感到非常遺憾。殿下可以為我們作證，這件事並不能責怪我們。而我們自然非常樂意為殿下準備船隻，送殿下返回太息邦去——呃——去按照亞斯藍開的處方接受治療。我們會依照殿下目前的狀況，提供你最妥善的照顧，比方說，最舒適的運畜船啦——最新鮮可口的胡蘿蔔和薊草——」

但驢子發出一聲震耳欲聾的嘶鳴，朝一名侍衛狠狠踹了一腳，很明顯地，國王的好意他全都不領情。

說到這裡，為了別為羅八達浪費太多篇幅，我最好先在這兒把他的故事做個結束。他（或是牠）安安穩穩地乘船回到了太息邦，並在盛大的秋季祭典中，被帶到了太息神的神殿，順利恢復了人形。但當時至少有四、五千人親眼目睹了王子變形的過程，因此這件事自然無法保密。在老太洛帝去世之後，羅八達繼任為太洛帝，並成為卡羅門王國有史以來最愛好和平的一位太洛帝。這主要是因為，他不敢離開太息邦方圓十哩之外，所以他永遠也無法御駕親征，但他也不想自己吃悶虧，讓他手下的大公，在戰場上贏得英勇的盛名，因為以往太洛帝的政權，往往就是因為如此而被屬下推翻。不過，他停戰的理由雖出於自私，但卻讓卡羅門周圍的弱小國家，日子變得好過多了。他自己的人民一直不曾忘記，他們的國王曾經變成一頭驢子。在他的統治時期，或是當著他的面前，人們總是尊稱他為「和平使者羅八達」，然而在他死後，或是在他背後，大家其實是叫他「可笑的羅八達」，你若是拿本優秀的卡羅門國史（去當地圖書館找找看）查看他的資料，就會在他的名下看到這個封號。一直到今天，在卡羅門的學校中，你要是不小心做了什麼笨得離譜的事情，就很有可能被稱為「羅八達第二」。

現在我們再把焦點拉回安瓦宮，大家都很高興能處理好羅八達的事情，讓他們能毫無後顧之憂地大肆慶祝一番。當天晚上，他們在城堡前方的草坪上，舉行了一場盛大的宴會，除了明亮的月光之外，他們另外點了數十盞燈籠來輔助照明。宴席間美酒不斷，大家開心地談天說地，互相取笑打趣，然後所有人全都安靜下來，在一片靜默中，國王的御用詩人和兩名提琴手進到了會場中央。艾拉薇和柯爾本來以為這場表演會很無聊，因為他們只聽過卡羅門那一派的詩歌，而你現在也該曉得那是什麼德性。但提琴悠揚的樂聲才一響起，他們就感到腦袋中彷彿有火箭在瞬間砰然發射一般，接著詩人就開始吟唱偉大的古老故事詩歌，描述「正義使者歐爾文」如何與「巨人皮爾」征戰，將巨人變成了石頭（這就是皮爾山的由來——它本來是一名雙頭巨人），並贏得麗兒姑娘的芳心，使她成為他的新娘；表演結束之後，他們恨不得能趕快再聽一次。噗哩雖然不會唱歌，但還是大方地對大家述說祖林德戰役的故事。接著露西又再度述說（除了艾拉薇和柯爾兩人之外，這個故事其他人全都聽過很多次了，但他們還是永遠都聽不膩）魔衣櫥的故事，敘述當年她和愛德蒙國王、蘇珊女王和彼得大帝第一次踏入納尼亞王國時的情形。

過了一陣子，該來的事終於發生了，半月國王表示，現在年輕人該上床睡覺了。「明天呢，柯爾，」他又補上一句，「你跟我一起去巡視整座城堡，了解此處的形勢，把它所有的長處和缺點全都記下來；因為當我去世之後，這裡就該由你來負責守護了。」

「但那時候要當國王的人是柯林啊，父親。」柯爾說。

「不，小伙子，」半月國王說，「你是我的王儲。我會把王位傳給你。」

「可是我不想當國王呀，」柯爾說，「我寧願——」

「這並不是你願不願意的問題，柯爾，而且也非我個人所能決定。這完全是基於法律規範。」

「但我們既然是雙胞胎，那我們兩個年紀就應該一樣大才對啊。」

「不，」國王大笑道，「總得有個人先生出來。你比柯林早出生整整二十分鐘。而我們希望，你也會比他優秀一些，但我想差別不會太大。」他望著柯爾，眼中閃過一道光芒。

「可是，父親，難道你就不能自己決定，要讓誰來當下一任國王嗎？」

「不行。即使是國王，也必須遵守法律，因為他的王位完全是由法律所賦予。就像哨兵不能擅離崗位一般，國王也不能輕言放棄王位。」

「喔，天哪，」柯爾說，「我根本一點兒不想當國王。柯林——我真的是非常非常抱歉。打死我也沒想到，我出現以後，竟然會害你失去了你的王國。」

「萬歲！萬歲！」柯林說，「我不用當國王嘍。我不用當國王嘍。我可以永遠當王子了。當王子可比做國王好玩多了。」

「你弟弟雖是信口胡說，但其中也有幾分道理在，柯爾，」半月國王說，「因為這就是當國王的真正意義：在發動最危險的攻擊時，永遠身先士卒，奮勇殺敵，而當軍隊慘敗，情況危急時，永遠堅守到最後一刻才離開戰場，當國土遭受饑荒侵襲時（在荒年時必然會不時發生），依舊能保持儀容整潔，並在面對無法填飽肚子的簡陋餐點時，仍然能笑得比全國任何人都要大聲。」

兩個男孩上樓去睡覺的時候，柯爾又問柯林，是不是可以再想點辦法。柯林卻說：

「你要是再提一個字，我就——我就揍你一頓。」

我若是說，這兩兄弟在此之後，就再也沒起過任何爭執，想必可以替這故事畫下一個完美的句點，可惜事實並非如此。事實上，他們就跟其他所有兄弟一樣，一天到晚吵嘴打架，而他們每次打架（但打過就算了）都是柯爾落敗。當他們長大成人，雙雙成為傑出的劍客時，柯爾雖然在戰場上表現優異，無人能敵，但若是論起拳擊技藝，不論是柯爾，或是北方國家中的任何人，全都萬萬比不上柯林。他就是因此而獲得「霹靂手柯林」的封號；同時他也是靠這一身絕藝，完成了對抗風暴頭「墮落之熊」的偉大壯舉，這頭熊原本是一隻能言熊，但卻因日漸墮落，而再度恢復野熊的生活習性。柯林在一個白雪覆蓋住山丘的寒冷冬日，爬上靠近納尼亞王國這一邊的風暴頭山坡，闖進巨熊的巢穴，在沒有計時員的情況下，跟熊一連大戰了三十三個回合。最後熊被柯林打得眼冒金星，連看都看不清，並因此而洗心革面，重新做熊了。

艾拉薇也常常跟柯爾吵架（有時甚至還打架哩），但他們最後總是會和好如初；因此在多年之後，當他們長大成人時，已非常習慣這種打打鬧鬧、時吵時好的生活形態，於是兩人乾脆結婚，好繼續做一對歡喜冤家。在半月國王去世之後，他倆登基成為亞成地的國王與王后，而亞成地有史以來最著名的國王「偉大的羅姆」，就是他們兩人的兒子。噗哩和昏昏在納尼亞過著幸福快樂的日子，兩隻馬兒都十分長壽，也各自結了婚，但卻無緣跟對方做夫妻。每隔幾個月，馬兒就會暫時離開家鄉，不是獨自前往，就是雙雙結伴地跑步越過山隘，到安瓦宮去探望他們的朋友。

納尼亞傳奇

全紀錄

《納尼亞傳奇》原著小說在地球上
銷售超過 100,000,000冊

英國年度票選　打敗哈利波特
榮登最佳讀物第一名

被翻譯41種以上的語言，
在大人與孩子的讀書計畫中掀起閱讀風潮

★重量推薦

【空中英語教室及救世傳播協會創辦人】彭蒙惠

【靈糧神學院院長】謝宏忠牧師

【名作家】楊照

【名譯者】倪安宇

【基督之家】寇紹恩

【兒童文學作家】林良

【兒童文學工作者】幸佳慧

★攻占各大排行榜

2005 博客來網路書店百大

2005 誠品書店年度童書暢銷排行榜

2006 英國圖書館館長票選必讀童書第一名

2008 英國 4000 名讀者每年年度票選最佳讀物第一名

★全球票房保證電影改編

2005 年 12 月《獅子 · 女巫 · 魔衣櫥》改編電影上演

2008 年 6 月《賈思潘王子》改編電影上演

2010 年 12 月《黎明行者號》改編電影上演

納尼亞傳奇 103

奇幻馬和傳說（恩佐插畫封面版）

填回函雙重禮
①立即送購書優惠券
②抽獎小禮物

作者—C・S・路易斯
譯者—彭倩文
出版者—大田出版有限公司
台北市一〇四四五中山北路二段二十六巷二號二樓
E-mail—titan@morningstar.com.tw http://www.titan3.com.tw
編輯部專線—（02）2562-1383 傳真：（02）2581-8761
總編輯—莊培園
副總編輯—蔡鳳儀
行政編輯—林珈羽
行銷編輯—陳映璇
校對—黃薇霓
封面設計—王志峯
內頁設計—陳柔含
三版初刷—二〇一九年十一月一日 定價：二五〇元
三版二刷—二〇二二年一月十九日
網路書店—http://www.morningstar.com.tw（晨星網路書店）
TEL：04-23595819 FAX：04-23595493
購書E-mail—service@morningstar.com.tw
郵政劃撥—15060393（知己圖書股份有限公司）
印刷—上好印刷股份有限公司
國際書碼—978-986-179-575-1 CIP：873.59/108014333

國家圖書館出版品預行編目資料

奇幻馬和傳說／C・S・路易斯著；彭倩文譯.
——初版——臺北市：大田，2019.11
面；公分.——（納尼亞傳奇；103）

ISBN 978-986-179-575-1（平裝）

873.59　　108014333